友の友は友だ

めおと相談屋奮闘記

野口　卓

集英社文庫

目次

友の友は友だ

めおと相談屋奮闘記

主な登場人物

信吾　黒船町で将棋会所「駒形」と「めおと相談屋」を営む
波乃　楽器商「春秋堂」の次女　信吾の妻
甚兵衛　向島の商家・豊島屋のご隠居「駒形」の家主
常吉　「駒形」の小僧
権六　「マムシ」の異名を持つ岡っ引
天眼　瓦版書き
ハツ　「駒形」の客で天才的将棋少女
正右衛門　信吾の父　浅草東仲町の老舗料理屋「宮戸屋」主人
繁　信吾の母
正吾　信吾の弟
咲江　信吾の祖母

川獺日和

一

両国広小路《りょうごくひろこうじ》の橋番所のすぐ裏手にある両国稲荷《いなり》で、信吾《しんご》は「竹馬の友」ならぬ「竹輪の友」の三人と落ちあった。幼馴染《おさななじみ》の中でも特に仲のいい連中だ。痩せて背が高く「物干し竿《ものほざお》」が渾名《あだな》の完太《かんた》、ずんぐりむっくりした「どん亀」の鶴吉《つるきち》、中肉中背の寿三郎《じゅさぶろう》である。

寿三郎にも渾名はあるが、付けたのは信吾であった。寿三郎の祖父は狂言が好きだそうで、子供のときに連れて行かれたらしいが、わからないのでまるでおもしろくなかったそうだ。ところが登場人物が相手の言葉に同意する、「さよう」とか「いかにも」という意味の「なかなか」という台詞《せりふ》と、その言い方が妙におかしい。

意味がぴったりでないときも頻繁に使ったのと、体格が中肉中背なので、信吾は寿三郎の渾名を「なかなか」に決めた。本人も周りもおもしろがっていたが、ある日を境にその台詞を急に使わなくなり、渾名で呼ぶと厭《いや》な顔をするようになった。好きな娘に笑われたり、からかわれたりしたのかもしれない。

寿三郎が厭がるので信吾は使わなくなった。竹輪の友も、怒らすときとか揶揄《やゆ》の意味で使うくらいだ。

神田川が大川に流れこむわずか上流の柳橋《やなぎばし》を北へ渡り、平右衛門町《へいえもんちょう》にある太郎吉《たろきち》の両親がやっている船宿に向かう。

「所帯を持ったばかりの信吾を誘うのは、やめようってことになったんだけどな」

寿三郎に言われて信吾は首を傾《かし》げた。

「なんでだい」

「なんでって、昼間は将棋会所だろう。相談屋の客が来ることもある。となりゃ二人切りになれるのは、夜だけってことになるじゃないか」

「それでみなさんはやさしいから、二人切りになれる夜をねらって、誘ってくれたって訳だな」

信吾がからかい気味に言っただけで、寿三郎は打って返すように反応した。

「その手の皮肉は信吾らしくないな」

「あとになって知った信吾が、なんで声を掛けてくれなんだ、なんて言い出すに決まってるから、声を掛けるだけでも、っと。これは内輪の話だったな」

完太は背丈があるので性格がおおらかだという訳ではないだろうが、のんびりとしていて、少し抜けたところがなきにしもあらずであった。御厩《おんまや》の渡し船に乗っていて、旗本の乗馬に小便を掛けられたのはこの男だ。

「内輪の話にしちゃ声がおおきいが、まあいいとしよう」

「そう言えば信吾のやつだ、見栄を張って意地でも行くと言うに決まってるってのも、実は内緒の話でな」

などという遣《や》り取《と》りがあり、船宿で腹拵《はらごしら》えをすませて、小型の舟で大川に漕《こ》ぎ出した。

船頭は雇わずに太郎吉が受け持った。安上がりにしようというのではなく、いっしょに釣りを楽しみたいと言ったからである。

太郎吉は竹輪の友ではないが、信吾をキューちゃんと呼ぶ親友の一人だ。

信吾は十五、六歳のころ、太郎吉と二人でしょっちゅう舟を漕ぎ出して遊んだことがあった。あちこちの堀だけでなく、大川を越えて堅川《たてかわ》や横川《よこかわ》などにも行ったほどだ。本職の船頭にはかなうべくもないが、自惚《うぬぼ》れでなく素人離れした腕だとの自信がある。

「将棋会所が潰れたら、船頭に雇ってやってもいいぜ」

お世辞ではなく、太郎吉がそう言ったことがあるくらいだ。

柳橋から大川を右岸沿いに下流に向かう。両国橋は長さが九十六間（約一七三メートル）だが、江戸湾に近くなると川幅も広くなり、新大橋では百十六間（約二〇九メートル）となっている。さらに下流に下ると永代橋《えいたいばし》が架けられていた。

新大橋をすぎて大川の本流を離れ、一町（約一〇九メートル）ほど右に進むと堀田備中守《ほったびっちゅうのかみ》の上屋敷がある。その先の川口橋《かわぐちばし》を潜《くぐ》って堀を進めば浜町河岸《はまちょうがし》で、組合橋《くみあいばし》、小川橋《おがわばし》、高砂橋《たかさごばし》と続くが、舟は川口橋までは行かない。

太郎吉が舟を芦原《あしはら》に乗り入れたのは、堀田屋敷のまえにある中洲《なかず》であった。五町（約五四五メートル）ほど先に永久橋《えいきゅうばし》があってそこから堀に入るが、水路の左手には田安《たやす》殿の下屋敷がある。

その辺りを三《み》ツ俣《また》と呼ぶのは、大川から川口橋と永久橋を通じて二つの堀に入る、水上のいわば三叉路《さんさろ》だからであった。

星月夜《ほしづくよ》で満天に金砂と銀砂を撒《ま》いたようだが、とはいっても暗くて細かな作業はとてもできない。道糸に浮子《うき》や錘《おもり》、鉤素《はりす》に釣針を結ぶなどの準備は、各自が家ですませていた。

浅場に小さな錨《いかり》を沈めるとか突き立てた竹の竿に紐《ひも》で繋《つな》ぐ方法もあったが、芦のあいだに舟を乗り入れたのは、中洲に散開して釣ることにしたからだ。芦原に舟を入れて全員が竿を出すと、一人か二人しかいい場所を得られない。だから散らばることにし、そのため魚籠《びく》もそれぞれが持参した。

銘々が自分の竿や餌箱、魚籠などをたしかめていると太郎吉が言った。

「なんでもこの中洲には悪賢い野良猫がいるそうだ。釣った魚を横取りするらしいから、気を付けたほうがいいぜ」

太郎吉は船宿の息子なので、客が話しているのを聞いたのだろう。

「だって中洲だよ。わざわざこんな所に移り住もうって猫はいないんじゃないか。猫は泳ぎが苦手だって言うぜ。だからって船頭付きの舟を雇う訳にもいかんし」

のんびりした言い方は完太で、太郎吉が説明する。

「苦手かもしれないが、泳ぐらしいよ、猫掻《ねこか》きで」

「犬掻きってのは聞くけど、猫掻きなんて聞いたことがないなあ」

鶴吉が混ぜっ返すと、太郎吉が根気よく言った。

「猫だから猫掻きさ。お客さんの話だけど、猫が泳げるかどうかで賭けをして、神田川に投げこんだやつがいるんだって」

「ひってえー」

「そしたら真剣な顔をして、両前脚で必死に水を掻いて泳いだそうだ。投げこんだやつの顔を恨めしそうに睨《にら》んでから、反対側に泳いで逃げたそうだ」

「そりゃ死にたくないからな。死んだら化けて出るぜ。おお、怖い」と言ってから、寿三郎は疑わし気に続けた。「投げこまれたら泳ぐだろうけど、自分から飛びこんで中洲まで泳ぐ猫がいるかなあ。岸から中洲まで十間（約一八メートル）はあるぜ」

「抜き手を切って」

完太は笑わそうとして言ったのではないだろうが、信吾は抜き手を切って泳ぐ猫の姿を想像して、笑わずにいられなかった。

「そうじゃないよ。捨て猫さ。猫はかなり遠くに捨てても、何日かすればいつの間にか帰ってくるって言うじゃないか」

寿三郎がそう言ったが、だれもそこまでは思ってもいなかったようである。完太がのんびりとした口調で言った。

「ああ。犬は人に付き、猫は家に付くと言うからな。自分の居場所にもどるんだろう」

「泳ぎの得意でない猫を、中洲に捨てる人がいるのさ。そしたら帰ってこないから安心だもんな」

「寿三郎、おまえ仏壇屋の跡継ぎのくせをして、猫を中洲に捨てたことがあるんじゃないのか。福富町《ふくとみちよう》の極楽堂《ごくらくどう》と言や、江戸でも知られた仏壇と仏具の老舗だろう。そこの息子がそういう酷《むご》いことをやったら、罰が当たるぜ」

鶴吉が意地悪くからかった。

「よせやい。おれは泳げないんだぜ。大水で中洲が水浸しになったら、泳げなきゃ、猫は溺れ死んじまうじゃないか。同病相憐《あわ》れむだからな、そんな残酷なことする訳がないだろう」

「自分で泳ぎ渡ったか捨てられたか知らないが」と、鶴吉が言った。「猫だって、生きていかにゃならないんだ。となりゃ、釣り人の魚籠をねらうし、水鳥の雛《ひな》を襲いもするさ」

「だれ一人として正しくないね。それじゃ、猫が可哀想《かわいそう》だ」

これまた寿三郎であったが、鶴吉が透かさず反論した。

「なんでだよ。釣った魚を横取りする野良猫に、同情するのはいくらなんでもおかしかないかい。寿三郎はもしかすると猫年の生まれじゃないのか」

「干支《えと》に猫年なんてあるかよ。干支から外されたんだからな」

「外されたんじゃないだろう。初めから入ってないんだもの」

鶴吉がそう言うと寿三郎が言い返した。

「外されたから入ってないんだ。だから猫は鼠《ねずみ》を目の敵にして、見付けるなり襲い掛かって喰《く》い殺すのさ」

思いもしない方向に話が飛んだ。ほかの面々は、意外な成り行きをおもしろがって、口を挟まずに聞いている。

「猫だけじゃなく鼠まで持ち出して、話をはぐらかそうって気だな。その手になんか乗るもんか」

「神さまが干支の順番を決めるために、生き物たちに集まってもらうことにしたんだ。知ってるかい」

問われた鶴吉が知っている訳がなかった。いや、その場のだれ一人として知らなかったのである、寿三郎一人を除いては。寿三郎は満足げにうなずいた。

「そのことを伝えるように神さまは鼠に命じたんだが、知らされて、朝一番早く家を出たのはなんだと思う」

わかる訳がない。

「牛だ。自分の歩みがのろいのを知ってるからな。遅筆亭牛歩《ちひっていぎゅうほ》を号にしている物書きがいるそうだが、自分の筆が遅いのを、牛の歩みになぞらえて言い訳にしておるのだろう」

「一番早く出たのに、どうして二番目なんだよ。おかしいじゃないか」

「神さまが着いた順だと決めたんだから、仕方ない。文句あるなら神さまに言ってくれ」

神さまを出されては、鶴吉は反論できない。

「では、一番遅く出たのはだれだと思うと訊《き》いたところで、愚者どもにわかる訳がないよな」

「なんだ、そのグシャっていう踏み潰したような音は」

「愚かなる者、を愚者と言う。聞きなされ」

「説教坊主みたいになってきたな、仏壇屋の小倅《こせがれ》が」

「虎だよ。虎以外におるまい。虎は一日に千里を走ると言う。自信がありすぎたので、駆け出したときは集合時間ぎりぎりで、牛に一歩だけ足らなんだ」

「おかしいじゃないか」

鶴吉は寿三郎の思いのままに話が進むのが我慢ならないらしく、ほかの者に同意を求めた。

「なぜ子《ね》、つまり鼠が最初にいるのか、ってことだな」

言いながら信吾は、子年の七月七日の夕刻七ツ（四時）に生まれた夕七《ゆうしち》のことを思い出していた。あの男の話も奇妙だったが、寿三郎の話す干支の話もそれに負けないほど奇妙だ。

「朝一番に出た牛が二番になり、一番遅く出た虎が三番になった。だれが、どう考えたって一番が鼠ってのはおかしい。だが、事情を知ったらそうかと思わずにいられないはずだ。鼠は牛の額《おでこ》に乗ってたんだよ。牛が神さまのとこに着く直前に額から飛び降りたので、ひと足だけ早かった。だから干支の筆頭になったって訳だな」

「猫が外されたことの決着が着いてないぜ」

「憶《おぼ》えておったか、見た目ほどの愚者ではないようだな」

「措《お》きやがれ。ちゃんと答えられないときには、頭を丸めてしまうからな」

鶴吉と寿三郎は、戌《いぬ》年と申《さる》年の生まれという訳でもないのに、なぜか馬があわないらしい。

「猫にとってか、鼠にとってか、悲しいことが起きてしまったのだ」

「さらにはぐらかそうって気だな。その手にゃ乗らないぜ」

「鼠はうっかり猫に言い忘れてしまった。それに気付いて両者真《ま》っ蒼《さお》。猫は怒りで、鼠は恐怖でだがね。それからというもの、恨んだ猫は鼠を見ると襲い掛かる。多分、これからも猫と鼠がいるかぎり、終わることはないだろうな」

「よくもまあ、という気がしないでもないけれど」と言ったのは、太郎吉である。「なるほど、という気もするな。もしかすると、寿三郎はその場に居合わせたんじゃないのかい」

「バレてしまやぁ、仕方がねえか」

「子丑寅《うしとら》はわかったよ。早い順でなぜそうなったのかもな。では、訊こう。最後の亥《い》、猪《いのしし》だな。どうしてドンケツになったかを、聞かせていただきやしょう」

「よくぞお訊きくだされた」

鶴吉が役者のような口調で言ったので、寿三郎もおなじ調子で受け、そして得意げに説明を始めた。

「猪突猛進《ちょとつもうしん》というくらいだから、走り出すと勢いがありすぎて簡単には止まれない。虎ほど速くはないにしても、脚には自信があるので出掛けたのは遅かった。走り始めて、それも相当な距離を走ってから、反対方向に走っていたことに気付いたんだ。あわてて逆もどりしたが、もうどうにもならない。駆け付けたときには最後だったたって訳だな」

「そのうち残りの干支も聞かせてもらうとしよう。しかし、寿三郎」と言ったのは、鶴吉であった。「鼠を猫が憎むのはわからぬでもないが、寿三郎が中洲の猫に同情する理由にはなっていないぜ」

「同情するしかないから同情するのさ。猫は濡《ぬ》れ衣《ぎぬ》を着せられてんだからね」

「濡れ衣ときましたか、御高説拝聴いたしましょう」

そう言ったのは太郎吉だが、揶揄《からか》ったり混ぜ返したりする気配はまるでなかった。おもしろければ、船宿の客に教えられると思ったのかもしれない。

「仲間で釣りに来た連中は、あとでかならず釣果を自慢しあうだろう。獲物がどっさりありゃ鼻高々だが、わずかしか釣れなんだら、いや、まるで釣れないと肩身が狭い。恥ずかしい。口惜《くや》しい。そこでだ」

完太がポンと両掌《りょうて》を打ち鳴らして言った。

「せっかくでっかいのを釣ったのに、あっと気付いたら、泥坊野良猫が銜《くわ》えて逃げ去るところだった。そう言や、惨めな思いをしないですむし、同情してもらえることさえあるからね」

「完太の言うとおりだよ」と、寿三郎は満足げにうなずいた。「満ち潮と引き潮でおおきさは変わるが、中洲《なかす》と言っても幅が一町で長さが倍の二町（約二一八メートル）以上はあるからね。猫が棲み付《つ》いてもふしぎはない。それをいいことに、釣りの下手な連中が悪賢い猫の噂《うわさ》を流したのさ。実を言えば中洲に猫なんていないんだよ」

「ということで一段落したのだから、ともかく釣るとしようじゃないか」と、信吾は仲間をうながした。「もしも困ったことがあったら、相談に乗りますからね。もっとも相談料はいただきますが」

「こんなところに来てまで、商売に励むことはないぜ、信吾」

二

しばらくは釣りに熱中したが、餌を取られたり釣り落としたりで、思うように釣れなかった。舟は舳先《へさき》を芦の群生の中に突き入れているので、信吾は艫《とも》に坐《すわ》り、三本の竿を正面と左右に扇のように展開していた。

魚籠の辺りで水音がするのに気付いたのは、釣り始めて一刻《いっとき》（約二時間）をすぎたころだろうか。寿三郎は打ち消したが、もしかして中洲に棲み付いたと噂の捨て猫かもしれない。途切れ途切れに水音はするのだが、魚籠は水中に没しているはずだ。

なんと呼ぶのかは知らないが、舟を桟橋に繋ぎ止めるための短い棒に、魚籠の紐を引っ掛けておいた。長い網状となった魚籠の底には、深めの皿状の「受け」が取り付けてある。そのため水中から引きあげても、かなりのあいだ魚は死なずにすむ。

猫だとすれば、魚籠を引きあげなければ魚を奪えないが、底の部分にはかなりの水が入っているので、相当に重いはずである。どのようにしているのだろうとふしぎでならなかったが、暗くて見ることができない。

そのとき、ぼやくような言葉が聞こえた、というか生き物の思いらしきものを感じたのである。

——竿のあげさげからしてなってないと思ったが、どいつもこいつもヘボばっかりじゃないか。

ということからすると、竹輪の友や太郎吉の魚籠も調べたということだろう。船縁《ふなべり》を見たが、暗くてよく見えないものの、なにもいないようである。信吾の魚籠を引きあげた気配はないので、水に浮いているということらしいが、であれば野良猫ではないはずだ。

川獺《かわうそ》だな。

猫でなければなんだろうと考え、思い至ったのは川獺であった。どう考えても、それ以外にはいそうにない。

信吾は何度か川獺を見たことがある。

早朝か夕刻、あるいは雨の降っている日や曇天のときばかりであった。お年寄りの話によると、川獺はほとんど夜中に活動しているせいか、お天道《てんと》さまが出ていると眩《まぶ》しすぎてよく見えないらしい、ということであった。だから薄暗いときしか見掛けないのだろう。

大川の河岸近くでも目撃したが、掘割のほうが多かったと記憶している。鼬《いたち》を大型にしたような体形で、茶色い鼬に較《くら》べると毛の色が濃く、黒褐色に見えた。扁平《へんぺい》な頭に黒くて円《つぶ》らな目をして、掘割の水辺におりる石段の一番下にいた。後ろ脚で立ち、短い前脚で摑《つか》んだ魚を喰っていたのだ。ムシャムシャと音が聞こえると思うほど、乱暴で派手な喰い方であった。牙が鋭くて、前脚の指のあいだには膜になった水掻きが見えた。

信吾に気付いた川獺は水に飛びこんだが、尻尾が太くて長かった。二本の後脚のほかに尻尾が支えて上体を立たせていたのである。

水音がいくつか続いたのは、信吾には見えない場所にも何匹かいたらしい。細かな泡が連続して浮いてきたが、泡の列は移動しやがて見えなくなった。

大川の中洲の芦原で、月の出ていない、ほとんど闇と言っていい真夜中、ということから判断して、ほぼ川獺にまちがいないだろう。

――これっぽっちじゃ、みんなに行き渡らないじゃないか。

やはり川獺のようだ。夫婦《みょうと》が力をあわせて五、六匹の子供を育てるとのことだが、川獺は大喰いなので、ひっきりなしに魚を獲《と》らねばやっていけないのだろう。

——みんなってことは、子沢山なんだな。となると連れあいがいるってことだが、こんな中洲でいつの間に。いや、中洲に棲んでいるとはかぎらないか。かなりの間があったのは警戒してか、あるいはこちらに強い興味を抱いて、ようすを見ているからにちがいない。

——どういうことだよ。まさか釣りに来たやつじゃないよな。人間だったらこっちの考えていることがわかる訳がない。とすりゃ。

問い掛けているのか、つぶやきを漏らしてしまったのかはわからない。

——そんなことより、困った事情があるんじゃないのか。子供がたくさんいて、夫婦で頑張ったって精一杯なのに、連れあいが病気とか怪我《けが》で魚が獲れず、子供が「父ちゃんひもじいよ」と泣き喚《わめ》くとかさ。

——なんだよ。なにが言いたいんだ。

——人の仕掛けた罠《わな》に掛かって、逃げるには逃げたけれど大怪我をした母狸《ははだぬき》がいてね。食べ物をなんとかしてくれないかって、豆狸《まめだ》に泣き付かれたことがあったんだよ。

——こいつぁコンコンチキの大魂消《おおたまげ》だ。さっきの遣り取りで信吾って名前が出ていたが、まさかおまえさん、黒船町《くろふねちょう》で将棋会所と相談屋をやってる、噂の信吾じゃないのかい。

——驚いたのはこっちだよ。なんでこんな所に棲んでいて、わたしの名前を知ってるんだい。それより、噂の信吾ってのが信じられない。あまりいい噂じゃなさそうだけれど。

——やっぱり信吾か。いや、信吾さんか。

——信吾でいいよ。

——知らないうちはいいけれど、知ってしまやぁ、呼び捨てになんかできないじゃないか。おかしいとは思っていたんだ。話し掛けてきたのは釣りに来た人間らしいが、人間だったらこっちの考えていることがわかる訳がないと思っていたからな。信吾さんなら話はべつだ。

微《かす》かな水音がして、川面《かわも》を移動する気配があった。相手が何者か得体が知れないので、船縁の蔭《かげ》にでも隠れてようすを窺《うかが》っていたのだろう。

普通の人の目にはまるで見えないだろうが、毎日、鎖双棍《くさりそうこん》のブン廻《まわ》しで視力を鍛えている信吾には見えた。と言ってもぼんやりとではあるが。

——やはり川獺だったのか。中洲に棲み付いた野良猫かもしれないと思っていたんだが。

——止《よ》しとくれ。猫なんぞといっしょにされちゃ、ご先祖さまに申し訳が立たねえ。それにこんな所に棲んじゃいないよ。おれたちゃ大喰いだから、縄張りが広くなくちゃ生きていけないからな。中洲も縄張りの一つってことさ。それより、信吾さん。

——なんだい、改まって。

——さっき友達と話してたが、こういう場所での遣り取りは、だれに聞かれてるかわからないから、迂闊《うかつ》に名前は出すもんじゃないよ。友達連中にもよく言っておきな。

——だれに聞かれるかわからないったって、おまえさんに聞かれたところで困ることはないだろう。

信吾はかつて客となった、大名家の江戸留守居役たちのことを思い出した。かれらは、いつ、どこで、だれに聞かれているかわからないので、絶対に本名で呼びあわず、仲間だけで通じる渾名や号で呼びあっていたのである。

しかし信吾には、人に聞かれて困るような秘密などある訳がない。

——そりゃそうだが、用心するに越したことはないからな。しかし、おれとしたことが迂闊だったよ。今思い出したが、信吾さんの名前が出るまえに、相談とか相談料なんて言ってたな。でありゃ噂の信吾さんじゃないかと、ピンと来なくちゃいけなかったんだ。そうすりゃ、むだが省けたのに。

——それはそうと、餌のことで困ってるのではないのか。

——いや、気にしてもらわなくてもいい。

——と言われたって、気になるよ。なんなら相談に乗ろうか。おっと、相談料なんて取らないからね。

——いや、ありがたいが、例えばどういうことだい。

——さっきチラッと話の出た狸だけどね。毎晩、縁の下に餌を、と言ってもあまり物だけど、そうさな、半月ばかりも出してやったんだ。そしたら律義な狸で、あとになって母仔《ははこ》で礼に来た。礼なんかいいのにね。

——ありがたいが、信吾さんに毎日、黒船町から持って来てもらう訳にはいかないもの。

——だったらあそこの岸に、そうさなあ、浅草寺《せんそうじ》の時の鐘が朝の六ツ（六時）を告げたら、魚を出して置くってのはどうだ。しかし朝だと鷹《たか》や鳶《とんび》、それに猫なんかが横取りするかな。だったら、おまえさんの顔を見たら置くようにする。そうか、明るいうちは眩しいから苦手らしいね。陽《ひ》が落ちてから、五ツ（八時）くらいならいいだろう。鷹や鳶もいないからね。それが一番安全だ。しかし難点は、ここから遠すぎるってことか。

——あの辺は縄張りの内だから、その点はなんの問題もないがな。そんなことで信吾さんに気を遣わせちゃ悪いよ。

——しかし、これっぽっちじゃ、みんなに行き渡らないってこぼしてたじゃないか。

——いや、自分で捕らえるより楽だから、魚籠をねらっただけでね。つい愚痴ったけれど、それほど深刻じゃないんだ。

——だったら、わたしの分だけでも持って行きなよ。そのかわり、ほかの連中の魚籠には手を出さないようにね。

――そういうことなら遠慮なくいただくよ。

――しかし、網は喰いちぎらんでおくれ。

――それにしても信吾さんは、人にしては珍しい、やさしくていい人だな。

――ただのお人好《ひとよ》しだよ。

――あの、この分はありがたくいただきますけれど、こういう心遣いはこれっきりにしてくださいね。

幽《かす》かな星明りに透かし見ると、黒いぼんやりしたものがもう一つ見えた。しかも、その周りにちいさいのがいくつかいたのである。かみさんと子供たちだ。

――黒船町の河岸に魚を置いてくださるのも、ありがたいですがお断りします。この子たちが甘えて、自分で獲るのを怠けてしまいますから。若いときに獲り方をちゃんと憶えないと、生きていけなくなるのです。

どこかで聞いたことのある台詞だな、と信吾は思った。

そうだ母狸だった。大怪我をした母狸のために豆狸に餌を運ばせたが、そいつの分も与えていたのである。礼を言いに来たとき、今のうちにちゃんと餌の獲り方を憶えないと、生きていけなくなると母狸は言った。

人間は甘やかしてばかりだが、生き物の母親は子供のことを考えてちゃんと教えているのである。

——だったら舳先に廻りなよ。そっちへ持って行ってあげるから。

三

信吾は魚籠を引きあげると、舳先まで運んだ。魚を摑んで地面に投げたが、三尾しかなかった。川獺の仔は一尾を二頭が、頭と尾から齧《かじ》っているらしい。

——それだけじゃ足らないだろうけど、勘弁しておくれ。なにしろ釣りは下手でね。

見ていると、食べているのはちいさいのばかりで、おおきな二匹は食べないでそれを見守っている。

——こんなことしてもらって、お礼をしなければならないんだけれど。

——そんなつもりであげたんじゃないから、気にしないでおくれ。

川獺の夫婦も信吾も、しばらくは夢中になって食べる子供の川獺を見守っていた。

——役に立つかどうかわからないけれど、思い出したことがある。

そう言ったのは雄であった。

——さっき、信吾さんの友達の一人に、寿三郎さんって人がいませんでしたっけ。

——ああ、いるよ。

――たしか、福富町の極楽堂だと。

――仏壇と仏具の老舗だけど、それがなにか。

――だったら、多分まちがいないと思うけど、怪しげなやつらから気になることを耳にしたんだ。

そう前置きして川瀬は話し始めた。

雨が降っているのに、傘を差して舟で大川に乗り出した二人の男がいた。

怪しいと思ったのは、釣り道具を用意していなかったからだ。しかも船頭は艫に坐りこんで櫂《かい》を使っていないのに、二人は舳先のほうで向きあって坐り、ぼそぼそと話している。

となると密談にちがいないので、川瀬は聞き耳を立てた。

――押しこみの相談だったんだ。

――ねらわれているのが、福富町の極楽堂ということだね。

――そう。引きこみ役ってのかな、奉公人になって仲間を引き入れるのがいるらしい。

であれば岡っ引の権六《ごんろく》親分に聞いたことがあった。商家に住みこみで奉公して、仕事熱心な使用人として信用を得るのだそうだ。そうしながら間取り図を作り、ほかの奉公人のこととか金の仕舞い場所、町奉行所の同心や手下の岡っ引との繋がりなど、あれこれと探り出すのである。

——なんでも半年くらい経《た》ったので、金の入る日とかその金をどこに仕舞ってあるか、なんてことがわかったらしい。

——それで、押し入る日が決まったというのか。

返辞がない。そこが肝腎なところではないか。こちらの焦《じ》れ具合がわかるからだろう、言いにくそうな川獺の声がした。

——雨脚が強くなってな。二人が差してるのが番傘なもんで、あとは聞き取れなかったんだ。雨音で話にならないからか、話が終わったのかはわからないが、男の一人が船頭に「舟をもどしてくれ」と言った。その先はわからない。

——そうか。

——すまんな。中途半端で。

——いや、ありがとう。それだけでもわかると、大助かりだよ。

——じゃ、そろそろ行くけど、ご馳走《ちそう》になった。

——いや、少ないので、却《かえ》って腹を空《す》かしてしまったんじゃないかな。あ、それから御厩の渡しから吾妻橋《あづまばし》に掛けての大川端を、ときどき散策してるから、見掛けたら声を掛けておくれ。駒形堂《こまんどう》にはよく寄ってるよ。

川獺の親仔は銘々が礼を言ったが、たちまちにして静かになった。

空の魚籠を提げて觿にもどったが、信吾はとても釣りなどする気にはなれなかった。

そのとき水音がしたので川面を見ると、さっき姿を消したはずの川獺であった。

――引きこみ役の奉公女の名前だけどな、たしかセツと呼んでいたはずだ。

それだけ言うと、川獺は水面から見えなくなった。

艫の板に、釣っていたときとは反対向きに坐り、信吾は呆然《ぼうぜん》としていた。川獺にわずかな魚を与えただけで、とんでもないことを教えられたのである。

引きこみ役を使った賊は家族や奉公人を雁字搦《がんじがら》めに縛りあげ、猿轡《さるぐつわ》を嚙《か》ませて大金を奪うと、悠々と引きあげるそうだ。だがそれはいいほうで、女や子供まで皆殺しにすることもあれば、火を放ってしまう連中さえいる。

寿三郎の一家、江戸でも有数の仏壇と仏具の老舗「極楽堂」が、そういう賊の標的になっているのだ。大金を奪われても生命《いのち》さえ助かればいいが、どうしても最悪の場合を想像せずにはいられない。強奪、惨殺、そして放火しての逃亡である。

まず頭に浮かんだのは権六親分であった。押しこみ強盗の一味を、それも犯行直前に一網打尽にしてからというもの、次々と手柄を立て、浅草界隈《かいわい》の住民に信頼されている。

しかし、と思ってしまう。

いつ、どこでそれを知ったのだと訊かれたら、なんと答えればいいのだ。これは権六だけでなく、寿三郎についてもおなじことであった。

夜釣りをしていて、釣った魚をやったお礼に川獺が教えてくれたと言うのか。そんなことを信じるのは、大病が快癒したあとで生き物と気持を通じられるようになったのを知っている、波乃《なみの》くらいなものだろう。

だがなんとしても、寿三郎には報《しら》せなければならなかった。家族と奉公人の皆殺しだけは、避けなければならない。

極楽堂とは以前から家族ぐるみの付きあいをしており、取引先の接待や祝い事などがあれば、信吾の両親が営む会席と即席料理の「宮戸屋《みやとや》」を利用してくれている。家族だけでなく、番頭をはじめ奉公人もほとんどが顔見知りであった。

では権六や寿三郎に信じてもらえるように打ち明けるには、どうしたらいいだろう。

そうだ、半年ほどまえから住みこみで働いている引きこみ役は、セツという名だと川獺は教えてくれた。セツの名を出して、その女が半年まえから奉公しておれば、信じない訳にはいかないはずだ。しかし仲間はセツと呼んでいたそうだが、その名前で奉公するとはかぎらない。

「そうかい。ところで押しこみは何日のこった」と、権六なら訊くにちがいない。わからないのだ。「賊は一体《いってえ》、何人なのだ」とも訊くだろう。それもわからない。なにもかも曖昧なのに、果たして信じてくれるだろうか。そして信じてくれたとして、どう対処すればいいというのだ。

「川獺が密談を聞いたのはいつだったんだ」

信吾は思わず声に出してしまった。

雨の日だと言っていた。昨日も一昨日も降っていない。そのまえに降ったのはいつだったか。

「おい。だれか、なにか言ったか」

少し離れた場所で、いくらか間延びした声で訊いたのは完太のようだが、信吾はそれどころではない。

雨。それもかなりの降りであったのだ。番傘を叩《たた》く雨音で会話が聞こえないほどの、本降りになったのである。

時刻はわからないが、夜だった。夜の雨で次第に激しくなったのだ。

「よーし。じゃあ、今日はこの辺で切りあげるとしようか」

散開して釣っている全員に聞こえるようにだろう、かなりおおきな声を出したのは太郎吉であった。遠くや近くでそれに応じる声がした。

六日まえだ。

頭の暦をめくりながら、記憶を辿《たど》って得た結論がそれであった。

となるとコトである。のんびりしてはいられない。目前に決行日が迫っているかもしれないのだ。それどころではなかった。今夜、ということさえあり得るではないか。

「あッ」と、またしても信吾は声に出した。目のまえに一瞬、瓦版の見出しが見えたからだ。なんともおぞましい見出しが。

仏壇と仏具の老舗惨劇に遭う
仲間と夜釣りの跡取り息子
ただ一人奇跡的に難を逃れる
引き入れ役か奉公女姿を消す

まるで天眼《てんがん》が書きそうな見出しだな、麻痺《まひ》してしまったような頭で、信吾はぼんやりとそんなことを思っていたのである。なに一つ解決せず手掛かりも得られないのに、一時的に考えることを中断するしかなかった。次々と仲間が集まって来たのだ。

いつの間にかほのぼの明けで、顔がぼんやりとだが見分けられるまでになっていた。

「なんだ、信吾。一等いい席を占めながら、一匹も釣れずじまいじゃないか」

鶴吉がからかうと、寿三郎が疑わしそうな声で言った。

「空の魚籠を出しておいて、釣った魚は隠してるのさ。あとで出して、みんなをアッと驚かそうと思ってね。姑息《こそく》な手だよな」

「目の下一尺（約三〇センチメートル）はあろうかという真鯉《まごい》を釣りあげてね。魚籠に入りきらないから、舟底に投げ出しておいたんだよ。鯉はしばらく跳ねていたが、そのうち静かになった」

川獺の話したことを考えればそれどころではないのに、口からは勝手に言い訳が零《こぼ》れ出た。信吾自身ですら、信じられぬ思いであった。

「ところがまたしても、鯉が跳ね始めたからね。なんだろうと振り返ると」と、信吾は両手を一杯に拡《ひろ》げた。「こんなでっけえ黒猫が銜えて逃げるところでな、とてもじゃないが、取り返せなかったんだ」

「それみろ」と、鶴吉が言った。「やはり、中洲には年を経た野良猫が棲んでいるのよ」

「そんなごまかしに惑わされちゃダメだよ」と言ったのは、寿三郎であった。「では訊くけど、信吾。でっけえ黒猫だと言ったな」

「ああ。あれほどでっかい猫がいるとは、思ってもいなかったよ」

「両手を一杯に拡げたけれど、五尺（約一五〇センチメートル）以上もある猫がいる訳がない。よしんばいたとして、こんな闇夜になんで黒猫だとわかるんだよ。黒猫か虎猫か、いや、猫か犬か、一ツ目小僧かさえわからないぜ」

「ギャフン、してやられた」

信吾がそう言うと笑いが弾《はじ》けた。逆転されたり遣りこめられたりしたとき、それも相手が一枚も二枚も上手だと思うと発する、仲間にだけ通じる言い廻しであった。

しかし信吾にすれば、してやられたどころではなかったのである。

四

「爽やかな顔をしてるところを見ると、どうやらぐっすり眠れたようだね」

信吾が門を入るなり、玄関を開けて波乃が出迎えた。すっきりした顔をしていたので、信吾は気が楽になった。思い悩んでいるときには、妻の笑顔がなによりの薬だ。

「お蔭さまでぐっすりと、と言いたいところですけど、まるで眠れませんでした。なぜでしょう」

わかっているくせに、と言わないところが可愛《かわい》い。

「だったらいっしょだ」

「でも信吾さんは釣りをなさってたんでしょう。あたしはそうではないですもの」

際どいことを言いそうな気配を感じて、信吾は話を切り換えた。

「お土産を期待してただろうけど、お腹《なか》を空かせた川獺の親仔に全部やってしまったんだ。釣れなかった言い訳だと思うだろうけどね」

「そんなこと思いもしませんよ。それに信吾さんは嘘《うそ》を吐《つ》くと顔に出ますから、すぐにわかります」

話しながら二人は表の八畳間に移った。

「信吾は昨日の信吾にあらず。相談屋を始めてからは、平然と嘘を吐けるようになりましたからね」

「でも、それは商売用の嘘でしょ。自分のことだと顔に出るのでわかります」

「もっとも全部やったと言っても、たった三尾だけどね。ところがお礼に、たいへんなことを川獺に教えられたんだ」

「たいへんなことって」

信吾はおおきくうなずいた。波乃は目を輝かせて、まるで童女のようである。

新大橋の下流にある中洲から帰るとき、信吾は太郎吉に替わってやろうと言ったが、少しも疲れていないし、柳橋まではすぐだからかまわないとのことであった。実は櫓《ろ》を漕いでおれば、竹輪の友の会話に加わらなくてもいいので、寿三郎の家が賊に襲われる件にどう対処すればいいかを、考えられると思っていたのだ。

ところが両国橋を潜っても、太郎吉は柳橋の桟橋に向かわず、そのまま上流に舟を進めた。左手に浅草御蔵《おくら》の八番、七番、六番と、幅が広くて奥深い堀を見ながら、五番と四番の中間にある「首尾《しゅび》の松」を眺めて上流に向かう。
三、二、一と堀をすぎると、御厩の渡し場である。それを越えると三好町《みよしちょう》、ほどなく信吾の住む黒船町であった。

太郎吉は舟を岸に寄せて、信吾と寿三郎、そして完太を降ろした。そのまま鶴吉を乗せて、吾妻橋まで行くとのことであった。鶴吉の家は雷門まえの茶屋町《ちゃやまち》で、茶屋「いかずち」を営んでいるからだ。

黒船町の河岸で降りると信吾の家はすぐだが、完太と寿三郎は黒船町と諏訪町《すわちょう》のあいだの道を西へ抜け、日光街道に出て左と右、つまり南北に別れる。

南へ五町ほど行けば、完太の親が料理とお茶漬けの見世をやっている森田町《もりたちょう》があった。反対に北へ進んで、諏訪社の少し手前を西に行けば寿三郎の住む福富町である。

船頭を太郎吉がやったので、寿三郎の家のことは柳橋で降りてから帰るまでのあいだに考えるつもりだったのに、それもダメになった。借家の門を入りながら、ともかく波乃に話してしまおうと信吾は思ったのである。

いっしょになったとき、隠し事はなしにしようと約束したこともあるが、今回はそんなことに関係なく話さねばならなかった。なにしろ時間的な余裕がなくて、今日、明日ということすら考えられるのだ。それまでに、なんとしても手を打たなければならない。

そして、まさに話そうとしたときモトの声がした。

「旦那さまに波乃奥さま。ご飯の用意ができましたので、常吉《つねきち》を呼びましたから」

「はい、わかりました」

朝ご飯の用意ができると将棋会所の大黒柱に取り付けた鈴を鳴らして、小僧の常吉に報せるようにしていた。と思う間もなく、会所と母屋のあいだを仕切った生垣の柴折戸《しおりど》を押して、常吉が駆けこんで来た。

目顔で示しあって話は食後にすることにした。そのため信吾はお茶漬けを食べながら、改めて川獺の語ったことを整理できたのである。

食事が終わると常吉は、モトが用意した番犬の餌を入れた皿を受け取って会所にもどり、信吾と波乃は表の八畳座敷で茶を飲むのが習慣になっていた。

「まさかまさか、と言いたくなりますね」

信吾が語り終えるなり波乃はそう言った。信吾ですら「まさかまさか」と思ったくらいで、そう言いたくなるほど偶然の連続だったのである。

まず所帯を持ったばかりだから気の毒、を逆手に取って竹輪の友が信吾を誘ったこと。

大川は吾妻橋から河口の間にかぎっても、首尾の松の辺り、百本杭《ひゃっぽんぐい》など何箇所もいい釣り場があるのに、新大橋からすぐ下流の中洲を選んだこと。

そこへ川獺の親仔が、釣り人の魚をねらってやって来たこと。

信吾が生き物と話せるのを、たまたまその川獺が知っていたこと。

川獺のぼやきに信吾が反応して、会話というか気持の遣り取りができたこと。

信吾が自分の釣った魚を与えたので、川獺がお礼に寿三郎の家が賊にねらわれていると打ち明けたこと。

川瀬がたまたま、賊の二人の密談を聞いていたこと。

福富町の極楽堂が強盗一味に襲われるだろうことを信吾が知るまでには、ことことことと、これだけの偶然が積み重なっているのである。

「ということは、これは相談事ではありませんけれど、信吾さんが解決しなければならない、いいえ、そのためにこれだけの偶然が重なったとしか思えませんね」

「一番に考えたのは、権六親分に相談しようってことだけど」

「なにか不都合があるのですか」

そこで信吾は中洲で考えて、現段階では相談できる状態でないと判断したことを話した。わからないことがあまりにも多いので、権六にしても手の施しようがないのである。

「もっとも重要なのは一味がいつ襲おうとしているかだけど、残念ながら賊の二人の密談を川瀬は最後まで聞くことができなかった。雨が激しくなった上に番傘を差していたからね。パラパラパラパラとたいへんな音がして、声が聞こえる訳がないもの。でも二人の遣り取りに、重要なことが隠されている」

そこで信吾が言葉を切ると、波乃は今聞いたばかりの話を思い返しているのだろう、しきりと瞬《まばた》きを繰り返した。

「お金の入る日とか、それを仕舞ってある場所なんかを、住みこみのセツって女の人が探り出したことね」

「商家には絶えずお金の出入りがある。賊は一番あるときをねらうはずだ」

「集金する日。職人さんの手間賃とか、材料費とか、いろんな支払いをするまえ」

波乃の実家の春秋堂《しゅんじゅうどう》は楽器商なので、取引や職人への支払いなどの事情に、仏壇と仏具の極楽堂とは共通した部分があるのだろう。

「それを寿三郎に訊かなければならないけれど、困った問題がある」

「だって、あちらさんだってたいへんなことになるのだから、なんだって教えてくれるでしょう」

「なぜわたしがそんなことを知ったかと、寿三郎は思うはずだ」

「川獺の親仔に魚をあげたらお礼に教えてくれた、なんて言っても信じてくれませんね」

「寿三郎は完太とちがって短気だから、馬鹿にするなと怒って話が先に進まないだろう」

「信吾さんが川獺になるしかありませんね」

「無茶を言わないでくれよ」

「川獺はたまたまといっても、釣りをしないのに雨の日に傘を差して大川に舟を出すなんて、怪しい二人連れだと思ったからだけれど」

「川獺のように、どっかで聞いたことにすればいいか。押しこみ先が福富町の極楽堂だとわかって、あわてて報せに来たとすれば」

「例えば疲れた信吾さんが、駒形堂のどこか人目の付かないところで微睡《まどろ》んでいたとするの。昨夜《ゆうべ》は夜釣りで一睡もしていないのだから、丁度いいのではないかしら。すると一味の二人がやって来て相談を始めたとすれば、川瀬に教えてもらったと言うよりずっと自然でしょ」

「盗賊の一味が、わざわざ駒形堂まで来て密談したりしないよ。それに人目に付きすぎるもの。江戸見物、浅草見物の人がしょっちゅうやって来るし、近所の人も通り掛かると拝んで行くからね。それにわたしは、明るいあいだは将棋会所に詰めてるし」

「宮戸屋さんに用があって、その帰りに駒形堂に寄ったってことにすればいいと思うの。よく大川端から帰るでしょ」

「だけど真昼間に盗賊が駒形堂で、ってのがね」

「川瀬が耳に挟んだのは、六日まえだったのよ。急がないと、襲われたあとで後悔してもはじまらないもの。あッ」

「脅かすなよ」

「ごめんなさい。でも、駒形堂でひそひそ話をしていてもおかしくないわ。木を隠すなら森の中って言うでしょ。石だってなにもないところに置いておけば目に付くけど、砂利のなかに混ぜれば」

「探しようがないな」

「ああいう人たちって普通じゃないから、考えることも普通じゃないのよ。駒形堂に来る人って、見物かお詣《まい》りでしょ。素通りする人ばかりなの。だから二人連れが話してたって、だれもなんとも思わないし、気にもしないのじゃないかしら。それに駒形堂は極楽堂に近いから、下見をするにも都合がいいし」

波乃の話を聞いているうちに、信吾も次第にそうだと思うようになっていた。

飲み屋とか料理屋でとも考えたが、密談を耳に挟むとすれば一人のときだろう。信吾が一人で飲み喰いすることはまずない。それに飲み喰いするのは夜だろうから、今夜飲んでいて知ったとしても、一日遅れてしまう。のんびり構えてはいられないのである。

信吾が極楽堂の息子寿三郎と親しいのを知っている将棋会所「駒形《こまがた》」の客の一人が、そっと教えてくれたというのもむりがある。ほかにもいろいろ考えたが、急にはいい考えが浮かぶ訳がない。

それに重大なのはなぜ知ったかより、知ったあとのたいへんさのほうである。主客転倒してはならない。強盗一味が押し入るのを阻止するのが重要なのであって、ともかく知ってしまったのだからと押し通すしかないのである。

「よし。だったらこれから行って来る」

「お待ちなさいよ。今行っても寿三郎さんは寝てるかもしれないでしょ。それに強盗は昼間押し入ったりしません。宮戸屋さんに寄った帰りに駒形堂で休んでいて、ですからね。それより信吾さん、少し休みなさいよ。四半刻（約三〇分）でも眠れば、疲れが取れてすっきりしますよ。甚兵衛《じんべえ》さんと常吉には、母屋にいるからなにかあれば鈴で報せるよう、モトに伝えさせますから」

「それもそうだね。もっとも、とても眠れそうにないけれど」

そう言って信吾は腕枕で横になったが、なんのことはない。たちまち寝息を立て始めたのである。

五

「あら、信吾さん。どうなさったの。朝までいっしょだったのに、また寿三郎の顔が見たくなったなんて」

寿三郎の母親はさすがに驚いたようだが、子供のころから知っていることもあって、冗談めかした言い方になった。

「ほかのみんながいましたからね、話せないこともあって」

「いいのかしら、お嫁さんもらってまだそんなに経ってないんでしょ。ちょっと待ってくださいね。さっき起きたばかりなの」

「出掛けられる恰好《かっこう》で、と言ってください。そう遠くではないけれど」

「寿三郎に、どなたか娘さんを紹介してくださるのかしら。そういえば、信吾が、あ、ごめんなさいね。息子はさんを付けないで呼んでるから。信吾がすっげー女房もらった。嫁さんていいもんだなあ、おれもほしくなったなんて言ってましたけど。寿三郎がすっげーと言うのだから、相当いい人ね。もしかしたら、お嫁さんのお友達に会わせてくれるのかしら」

「寿三郎は、自分で探すって意気込んでましたからね。友達として、熱い思いを挫《くじ》くなんてことはできません」

「娘さんに会わせてくれるのなら、あまりみっともない恰好はできないわね」

言いながら姿を消したが、ほどなく寝ぼけ顔の寿三郎が出て来た。

「なんだ、すっきりした顔してやがる」

「こういうときは少しだけ、せいぜい四半刻ほど眠るようにしたほうがいいんだ。中途半端な寝方をすると、却って体が怠《だる》くなってしまうからね」

「で、女の子を世話してくれるんじゃないそうだね。みんながいるところでは話せないなんて言うから、てっきり女の子のことだと、ちょっぴり期待したんだが」

わずかな時間で、母親はほとんど喋《しゃべ》ってしまったようだ。

「寿三郎は自分で探すって息巻いていたから、みんなでそっと見守ろうということにしたんだよ」

「目を皿のようにして探したんだが、いないもんだな、波乃さんのような人は」

「そりゃ、いないさ。波乃は特別だもの」

「調子に乗って惚気《のろけ》るなっつうの。ところで今朝別れたばかりだってのに、どんな話があるんだい」

「すぐにも聞きたいだろうが、少し我慢して黙って付いて来ておくれ」

極楽堂を出て北への道を取ると、以後は寿三郎がなにを言っても返辞をせずに黙々と歩いた。黙って付いて来ておくれ、を通したのである。

浅草は二人の地元なので次々と声を掛けられるが、そのたびに笑顔で挨拶を返す。知りあいになにかを訊かれたら答えたが、信吾は寿三郎がなにを訊いても無言を通した。

福富町の極楽堂を出て北へ五町ほどで、辿り着いたのは東仲町《ひがしなかちょう》の宮戸屋である。

「寿三郎さん、いらっしゃいませ」

愛想よく寿三郎を迎えてから、母の繁《しげ》は信吾に訊いた。

「あら、どういうこと」

ここだと思ったので、信吾は母の目をじっと見て言った。

「一日に二回も来るには、それなりの理由があるんだよ。寿三郎に、どうしても話さなきゃならないことがあってね」

「だったらあのとき言ってくれれば、支度くらいしておいたのに」

さすがに料理屋の女将《おかみ》である。信吾に、なんらかの事情があるのを汲《く》み取《と》ったのだろう。うまく話をあわせてくれた。

「ちょうど、お昼のお客さまがお帰りになられたところなの」と、二人を案内しながら繁は言う。「お話があるのなら、静かなお部屋がいいわね」

宮戸屋は昼が四ツ（十時）から八ツ（二時）、夜は七ツから五ツまでが客入れとなる。

一息ついたところであった。

二人は坪庭に面した離れ座敷に通された。

「ご酒はあがられますか」

繁は寿三郎に訊いたが、一瞬早く信吾が答えた。

「いや、お茶でいいです。楽しい話ではないから」

寿三郎が緊張するのがわかった。

「料理はどういたしましょう」

「お茶だけでかまいません。喜作《きさく》さんと喜一《きいち》も夜の仕込みで忙しいだろうからね」

喜作は宮戸屋の板前の長で、喜一はその息子である。一つ年上ということもあって、信吾は兄弟のように仲がいい。

「そうもいきませんよ」と言ってから、繁は寿三郎に謝った。「ごめんなさいね。信吾は気が利かないものだから、ありもので適当に見繕いますので我慢してください」

「あ、そんなに気を遣っていただかなくても」

繁は会釈して部屋を出た。

舞台の準備はほぼ思いどおりに整ったので、後は信吾が手順よくやるだけだ。

「楽しい話ではないと言ってたが」

「まあ、取りようというか、受け止め方にもよるけれど、これを楽しいと思う者はまずいないだろうな」

そう言ったまま信吾は口を閉ざした。訳がわからない上に、信吾がもったいぶった言い方をしたので、寿三郎にすれば知りたいような、知るのが怖いような複雑な気持だろう。

間を取ってから信吾はさり気なく訊いた。

「セツさんって奉公人がいるかい」

「セツ……。そんな女はいないけど」

「やはりな」

「どういうことだ」

「一味が送りこむのだ。本名を使う訳がないだろう」

「一味だって」と、寿三郎は目を剝《む》いた。「相談屋を始めてから疑い深くなったんじゃないのか、信吾」

そうかもしれない。自分では慎重になって思考の範囲を拡げているつもりだが、たしかにそう言われても仕方ないかもしれなかった。だがそれは聞き流し、先に進める。

「働き始めて半年くらいの女がいるはずだ」

寿三郎が天井に目を向けたのは、あれこれ思い出し、奉公してからの月日を計算していたのだろう。やがて微かにうなずいた。

「名前は」

「サキ」

「まじめによく働いて愛想もいいので、ほかの奉公人の受けもいいだろう」

「ああ。特に親父《おやじ》とお袋は気に入ってな。十五も、いや十歳も若けりゃ、おれの嫁にしたいほどだ、なんて言ったこともある」

「ということは、三十から三十五くらいってことか」

寿三郎は不安でならないという顔になった。

「そうか。だったらまちがいないな」

信吾は腕を組み、俯《うつむ》くと目を閉じた。

「お待たせいたしました」

繁と仲居が、二人のまえに料理三品と湯呑茶碗《ゆのみぢやわん》の載った盆を置いた。べつに急須があるということは、気にせずにゆっくり話せるようにとの配慮だろう。いや、繁忙な昼と夜の谷間のようなひとときなので、お世話できませんから、ということか。

「では、ごゆっくり」

母たちが去ると、信吾は普段と変わらぬ声で言った。

「まずは食べよう。さっき起きたばかりだそうだから、昼飯は喰ってないだろう」

「ああ、だけど腹は空いていない」

「腹に入れてもらわないとな。場合によっては長くなるかもしれないし」

会席料理は予約制になっているので、母は即席料理を適当に組みあわせたらしい。イタドリの辛子味噌《からしみそ》漬け、シマアジの卯《う》の花《はな》まぶし、もずく雑炊の椀《わん》であった。

「もずく雑炊はいいな。中途半端な時刻なので、腹に負担が掛からぬように、しかし小腹が空いた者には丁度いいということだ」

信吾は寿三郎に構うことなく箸を取った。

しばらくすると寿三郎も食べ始めたが、いかにもぼそぼそとであった。それを見て、信吾は食べる速度を落とした。先に食べ終えると、寿三郎が気まずい思いをするだろうからだ。

お蔭でほぼ同時に食べ終わり、箸を置くことができた。

寿三郎の顔が変わっている。食べているあいだに自問自答を繰り返し、信吾を信じたかどうかはともかく、話を聞こうという気になったらしい。

「多分、びっくりするだろうし、まさかと思うかもしれない。信じられないし、信じたくないだろう。だが聞いてほしいんだ。おれは寿三郎のことを、極楽堂のことを思うと、話さずにはいられない」

寿三郎は目を見開いている。信吾はこれまで、人前で自分のことを「おれ」と言ったことはない。「わたし」あるいは商人らしく「てまえ」で通している。だが寿三郎は、そのことに気付いただろうか。

「朝、宮戸屋に用があっての帰り」

信吾はそう切り出した。これで最初の母との遣り取り、「一日に二回も」と「寿三郎にどうしても話さなきゃ」が生きるはずだ。おそらく、寿三郎は信吾の話を信じるだろう。

「いつもは日光街道を帰るけど、吾妻橋で右に折れて大川端を歩いて帰った。丁度駒形堂の辺りで、夜釣りの疲れが急に出てね。少し休んでいこうと思ったんだ。坐ってぼんやりしていると急に眠くなって、ちょっとだけ眠ろうと思ったけど、人に、それも知ってる人に見られたら恥ずかしい。三町半（四〇〇メートル弱）ほど南に自分の家があるのだから、女房に追い出されたんじゃないかと思われては困る。疲れているのに、妙なことを考えるもので、なるべく見えない場所を探して横になったんだ」

そう前置きして、信吾は川獺から聞いた話を語ることにした。まだなにも話していないのに、寿三郎はあれこれと悪いことを思い浮かべてだろう、強張《こわば》った顔をしている。

「眠りから目覚めたのは、福富町の極楽堂という言葉を耳にしたからだろう。しかし、飛び起きたりはしなかった。どんな人が口にしたかわからないし、福富町の極楽堂というだけでは、話の内容は見当も付かないからね」

一味が半年まえに送りこんだセツ、つまりサキという女が、なにもかも調べ尽くしたことから始め、信吾はわかっていることを洗《あら》い浚《ざら》い話した。話が進むにつれて、寿三郎の顔色は次第に悪くなり、話し終えたときには蒼白《そうはく》に変わっていた。

思い詰めたような顔で畳をじっと見ていた寿三郎が、不意に立とうとしたので、信吾はあわてて着物の裾を摑んだ。

「落ち着くんだ」

「落ち着いていられるかよ。すぐに帰って、親父とお袋に話す」

「話してどうする」

「サキを解雇《くび》にする」

「それはできない」

「なぜだ。強盗の手先なんだぞ。一味を引き入れようとしてるんだ」

「だけど、しようと思っているかもしれないが、まだなにもしていないんだよ。それに証拠もない」

信吾が着物の裾を、それも力のかぎり引っ張り続けていたので、根負けしたように寿三郎はその場に坐りこんだ。

「あるじゃないか。今信吾の話したことが、なによりの証拠だろうが」

「証拠にならない。知らぬ存ぜぬと突《つ》っ撥《ぱ》ねられたらそれまでだ。セツ、いやサキが仲間を引き入れるときでなければ、捕らえられないんだよ」

「捕らえなくたっていい。サキを解雇にすれば、引き入れ役がいないんだから、極楽堂は被害を免れる」

「それですむなら、おれだって真っ先に寿三郎に勧めるさ」

「なぜ、そうしなかった」

「サキは金の仕舞い場所だけでなく、間取りやほかの奉公人のことを、調べ尽くしているんだ」

「金の仕舞い場所を変えるし、鍵を頑丈に厳重にする」

「屁《へ》の突っ張りにもならない。極楽堂には金があるとねらいを付けた連中が、簡単に諦める訳がないからね。サキの手引で呼び入れるなら、全員を縛りあげて金を奪うだけですむかもしれないが、力ずくで押し入るとなると荒っぽくなるだろう。金を奪うだけではすまないぞ」

信吾の言わんとすることがわかったからだろう、寿三郎はブルブルと体を震わせた。

「だったら町方に、町奉行所に訴えて」

色を喪《うしな》った唇を震わせながら、寿三郎が弱々しく言った。

「おれも真っ先に考えた。町方の同心の旦那や、岡っ引の親分に相談しなければと」

「だめか」

「何月何日の何刻《いついつか》に押し入るとわかっていれば、待ち受けて一網打尽にできる。しかし、サキを解雇にしてしまえば、いつ来るか知れんのだからね。半年後か一年後か。いや十日後、半月後だってあり得る。よほどたしかでないと、雲を摑むような話では御番所は動いてくれない。親しくしてもらっている親分さんがいるので、いつの間にかそういう事情もわかるのだ」

「座して待つしかないのか。手を拱《こまね》いて」と、寿三郎は縋《すが》るような目で信吾を見た。

「信吾、頼むからなんとかしてくれないか」

「おれもなんとかならんかと思って寿三郎に話したんだが、さすがにこればかりはな」

「いや、できる。信吾ならできるさ。あらゆることに目を向けて、問題をぐんぐんと絞りこんでゆくところは、おれの目から見てもすごいもの。まえはこんなじゃなかった」

「寿三郎の言うまえってのは、手習所のころかい。そりゃ、あのころに較べれば」

「そうじゃないよ。波乃さんを嫁さんに、いや、ちがうな。相談屋を始めるまえだ」

「なるほど、それはあるかもしれん」

「まるで、他人《ひと》ごとみたいだな」

「相談屋は相手の困りごとをなくすためには、問題がどこにあって、どのような方法でそれが消せるかを考えなくてはならないんだ。あらゆることが絡んでいるから、大事なこととどうでもいいことを振り分けなくてはならないし、なるほど寿三郎の言うとおりかもしれんね。相談屋をやるようになって、自然と問題を絞りこんでゆく癖が付いたのかな」

「そうだよ。絶対にそうだって」

「おだてに乗る訳ではないけれど、練りに練って、もしかしたらなんとかなるかもしれないという方法がないことはない」

「よし、それでいこう」

「寿三郎の力を借りなければ、できないことなんだがな」

「貸すよ。貸します。貸せる物はなんだって貸すから」

「極楽堂に一番お金が集まる日はいつだい。つまり集金と支払いがあるだろうけど、集まっていて払いをするまえの、一番金のあるときということになるが」

「…………」

「おい、おれをそんな目で見ないでくれよ。まさか一味の一人だと、思ってるんじゃないだろうな」

「やはり晦日か。えッ、明日じゃないか。よし、おれの考えを話そう」

「晦日《みそか》だ」

六

女将の繁と仲居に見送られて、信吾と寿三郎は宮戸屋を出た。

「どうするつもりだ、寿三郎」

「真《ま》っ直《す》ぐ帰ろうと思うけど」

宮戸屋が見世を構えた東仲町から、南に道を取れば五町ほどで極楽堂のある福富町であった。

「そりゃまずいよ。だって顔が強張ってるもの。そんな顔をして帰ったら、たちまち気付かれてしまうじゃないか。なにしろセツ、じゃなかったサキは手強いからね、よほど注意しなければ」

「だからといって」

「のんびり浅草寺の境内を散策して、お吉婆《きちばあ》さんから鳩《はと》の餌を買いな。鳩に豆をやれば功徳になるって、お吉婆さんも言ってるよ。のんびりして、気持を切り換えたほうがいい」

お吉婆さんはだれもそうは呼ばず、ケチ婆さん、口の悪い者はドケチ婆《ばば》ぁと呼ぶ。鳩の餌を売って生計を立てているのに、鳩が餌を拾いに近付くと、細い竹の棒でピシリと餌袋を置いた台の板を叩いて追い払うからだ。

「それがいいかもしれないな」

「すっかり心を鎮めて、普段と変わらぬのほほんとした寿三郎若旦那にもどってから、極楽堂に帰らないとね」

「うん、そうか。そうだな」

どうにも寿三郎は頼りなく、こんなことで大丈夫だろうかと心配になったほどだ。これまでなら、のほほんとしたなどと言えば、ムキになって喰って掛かってくるところだが、そんな気配はまるで感じられない。

「そうか。もう、今から気を付けてなきゃなんないんだよな。わかった、そうするから」

浅草広小路で別れると、寿三郎は雷門を潜り、おぼつかない足取りで本堂のほうへと歩いて行った。心ここにあらずという面持ちでふらついていると、掏摸《すり》に懐をねらわれるのではないかと心配になる。

信吾は真っ直ぐ東に向かった。いつもは吾妻橋の袂《たもと》で南へ道を取り河岸を歩くが、雷門まえの茶屋町で道を南に取った。駒形堂にお詣りしようと思ったからだ。

馬頭観音を祀《まつ》った駒形堂は浅草寺に参詣する人のために西を向いているが、元禄《げんろく》のころまでは東、つまり大川を向いていたそうだ。大川はこの辺りでは宮戸川と呼ばれている。信吾の両親が営む料理屋「宮戸屋」は、宮戸川から名前をもらったものだ。

信吾はお詣りするのだから正面から、つまり西側からと思ったのである。

いつもならお賽銭《さいせん》は一文だが、今日は差し迫った願い事があるので、奮発して四文の波銭《なみせん》を投げ入れた。信吾の願っているとおりに運ぶよう祈ったのだが、ということは寿三郎がちゃんとやってくれますように、やれますようにとの願いであった。

打ちあわせをした折、信吾は念のために下見してほしいとの寿三郎の要望には応じなかった。なぜなら極楽堂に行けば、どうしてもサキことセツと顔をあわせることになるからだ。それだけは避けたいと思ったのである。

押し入るなら塀を乗り越えるということがあるかもしれないが、サキが引き入れるなら裏木戸の鍵を外してということになるはずだ。

その辺りの庭木や物置小屋の配置などは、子供のころから遊び慣れているので知り尽くしていた。侵入するなら一箇所なので、となれば取るべき方法はおのずと決まる。

前日、あるいは当日となると、とりわけサキはピリピリしているはずだ。信吾が寿三郎とともに見世や庭、それに裏口の辺りを見て廻りなどすれば、当然サキは気付いて仲間に中止の合図を送るに決まっている。

信吾に言われるまで、寿三郎はその辺のことが理解できていなかったのである。それだけに心配であった。なにしろ一日半もせぬうちに強盗一味に押し入られ、屋敷内にいるサキが手引きをするのがわかっているのだ。寿三郎が平静でいられるとは考えにくかった。

しかも信吾は町奉行所の同心やその手先の岡っ引にはもちろんとして、家族や奉公人にも一切報せるなと念を押したのだ。とりわけサキには、十分すぎるほど注意しなければならない。

賊の引き入れ役は、金を奪う商家のこと、家族、奉公人、出入りの人の細かなことにまで気を付けている。わずかでも変だと感ずれば、仲間に報せることが考えられた。

知っている者が少なければ少ないほどうまく運べると主張し、結局は寿三郎と信吾だけに限定してしまったのである。

波銭を投げ入れたからという訳ではないが、信吾はたっぷりと願い事をした。どうせ気休めだとわかってはいても、神頼みのお蔭でかなり気が楽になった。

駒形堂を出ると信吾は大川端に出て、南への道を取った。

ところが黒船町の家に帰ると、思いがけず野太い笑い声がしていた。なんと権六親分が来ていたのである。手下を連れていないところを見ると、信吾か波乃、おそらく二人と話したかったのだろう。

「品行方正を絵に描いたような信吾が、朝帰りしたってから驚きだ」

「夜釣りに行ってたんですよ」

「釣った魚を川獺にやったそうだが、新大橋の下流《しもて》にある中洲には、質《たち》の悪い野良猫がいるそうだ。しかも腕の悪いやつにかぎって、魚を横取りされるそうだから、気を付けなきゃならねえ」

「川獺にやったのではなくて、野良猫に盗《と》られたと言い訳してるとおっしゃりたいんでしょう。しかし親分さんがご存じとなると、中洲の野良猫は江戸中の人が知っているってことですね」

待てよ、と突然に閃《ひらめ》いた。今日、ここに権六親分が来ているということは、極楽堂のことを話せということではないだろうか。

信吾は川獺が、一味の二人が舟で密談しているのを聞いた内容から、この晦日、つまり明日の真夜中に決行すると確信した。だとしても、あくまでも信吾の想像であり、妄想だと考えられないこともない。だから町奉行所には持ちこまず、寿三郎と二人で解決するしかないと思ったのである。

ところが絶妙と言っていい折節、見計らったように権六が姿を見せたのだ。つまり話せ、相談しろということではないだろうか。まちがいない。天の声というものだ。これも運ということで、やはり信吾と波乃には、それを引き寄せる力が備わっているということなのだ。

とすれば権六親分に、まずは話してみるべきなのだ。

「実は親分さん、ちょっと妙なことがありましてね。福富町の極楽堂はご存じでしょう」

「仏壇のかい。あの店は堅実にやっていて、おかしなことはねえはずだが」

「そこの息子が幼馴染でして。実は話していてさっき別れたばかりなんですが、あれこれ考えてみると親分さんに相談したほうがいいのではないかと」

「ないかと、なんてもんじゃねえよ。なにはともあれ、真っ先に相談しなくちゃなんねえってことだ。で、なんでえ」

夜釣りに行っていて川獺に教えられたのですが、などと権六に言える訳がない。ここは寿三郎に話したように、宮戸屋の帰りに駒形堂で、ということにした。

話していて信吾は次第に不安になったが、なぜなら権六がまるで能面のように、表情に変化を見せないからであった。ただひたすら信吾の目を見据えているのだ。あるいは、なにもかも見抜かれているのではないかと思ったほどである。

信吾が話し終えると、権六は腕を組み、目を閉じてしまった。打ち明けた話を、頭から繰り返し検証しているにちがいない。

信吾は宮戸屋で、自分が寿三郎に対しておなじような態度を取ったことを思い出した。それが相手にどれほどの圧迫と不安を与えるものであるか、そのときには思いもしなかったのである。

波乃がそっと席を外したが、権六は考えに集中しているからか微動もしなかった。そして盆に湯吞茶碗を載せてもどった波乃が、権六と信吾のまえにそれを置いても、まるで変化を見せなかったのである。

「十分だとは思うが、念のために一刻早めたほうがいいだろう」

茶碗を手に口を潤していた信吾は、そう言われて権六を見た。左右に開き気味のちいさな目が、じっと信吾を見ていた。

一瞬なにを言われたか混乱したが、すぐに信吾が予測した一味の侵入時刻だとわかった。信吾は丑三つ刻（二時から二時半）、つまり八ツから四半刻、長くて半刻（約一時間）のあいだと見ていたが、万が一ということを考え、九ツ（零時）まえに決めた場所に潜むことを考えていた。権六はそれで問題ないだろうが、慎重を期して四ツに早めたほうがいいと助言したということだ。

「それにしてもそこまでよく考え抜いたな。迷わずに、考えたことをちゃんとやるように励め。ほかのことにあれこれ惑わされるな。信吾、おまえならできる」

現役の岡っ引にそう言われると、心の中の落ち着きのない部分が、静かにそれぞれの場所に納まったような気がした。

「信吾、おめえならいい岡っ引になれるのだがなあ」

権六はしみじみとそう言ったが、以前にも言われたことのある台詞であった。

「おっと、大事なことを言い忘れておった」と、帰り間際になって権六が言った。「潜むまえに、小便を出し切っておけよ」

「えッ、なんですって」

「こんなことを繰り返し言わせるやつがあるか。それに笑い話じゃねえぞ。おれは初めての張りこみで、堪《こら》え切れずに洩《も》らしちまったんだ。お蔭で音と臭いのために、賊に気《け》取《ど》られてな。親父にこっぴどくどやされた」

修業時代の失敗の一齣《ひとこま》ということだ。

思わず波乃を見ると、耳まで真っ赤にして俯いていた。

「その失敗《しくじり》が、今の親分さんを作ったという訳ですか」

なにか言い掛けたが呑みこみ、権六は真顔で言った。

「もう一人の」

「寿三郎ですね」

「ああ、そいつにも念を押しておかなきゃだめだ」

権六が将棋会所の連中に声を掛けてから帰ると言ったので、信吾も同道した。その日初めて会所に顔を出したのだが、客たちがそろそろ帰る時刻であった。指導対局は甚兵衛が代わりにやってくれていた。

七

前日は徹夜の夜釣りからもどって、四半刻ほどの仮眠を取るには取った。しかし宮戸屋での寿三郎との念入りな打ちあわせ、その後の権六との長話があったので、さすがに疲れを感じずにはいられなかった。

だが翌朝はいつもどおりに起きて鎖双棍のブン廻しをし、常吉に棒術の指導をした。そして昼飯に母屋にもどる以外は将棋会所ですごし、しかも対局や指導が続いたのである。

権六に言われていたこともあり、信吾も納得したので、極楽堂へ常吉を使いに遣った。奉公人だけでなく、客にも女の人がいないのをたしかめた上で、寿三郎に紙片を渡させたのである。そこには一刻早まったことなどが書かれ、読んだらすぐ焼き捨てるように指示してあった。

将棋会所が終わると、将棋盤や駒を丁寧に拭い、それから常吉と湯屋で汗をながした。普段とちがうのは、夕食後に木刀の素振りと型、鎖双棍と棒術の基本と組みあわせ術に励んだ後、短い仮眠を取ったことだ。

そしてその日、つまり晦日の夜の四ツすぎには、信吾と寿三郎は予定していた場所に収まっていたのである。

なにもかも前日に信吾が話した筋書きどおりで、その一部が変更になっただけであった。つまり権六の助言に従い、ほぼ一刻早めたのである。

その日のその時刻、寿三郎は極楽堂にはいないことになっていた。信吾を訪ねて、泊めてもらうことになっていたからだ。語りあっているはずの二人は信吾の家におらず、極楽堂の裏口近くに潜んでいたのである。

五ツ半（九時）になると手代が裏戸のサル（掛け具）をたしかめ、勝手口から消えて、そちらのサルを落とす音がした。極楽堂の灯《あか》りはすべて消え、闇に、そして無音に包まれた。

信吾と寿三郎は、ただひたすらそのときを待つしかない。なにもかもがあわただしく進行していると、次から次へと物事が起きてときの進みを忘れる、あるいは気付かぬこともある。だがなにも起こらなければ、ときの流れというものは、やたらと遅い。のろいのだ。

寿三郎が持参した風呂敷を解いたのを見ると、尿瓶《しびん》であった。晦日の星明りだけなのでわからないが、日中であれば見栄張りの寿三郎は顔を赤らめたにちがいない。

浅草寺で時の鐘が九ツを告げたとき、その音に刺激されたらしく、寿三郎が音を立てぬように例の物を用意するのがわかった。

やがて音が聞こえ始めた。困ったことにそれを聞いていると、信吾の体の奥のほうが、どうにもならなくなったのである。その微かな音に、全身が反応したのだ。

喋れたらなんの問題もないが、話すことはもちろんとして音を立てる訳にいかないし、暗くて見ることもできない。しかし手や指の動きだけで、暗い中でもなんとか伝えることができた。

終わるとわずかずつ捨ててから、寿三郎は尿瓶を信吾に差し出した。そして臭い消しのために用意していた灰を、尿を捨てた地面に撒いたのである。

「これじゃ、おれのは入らないぜ」

「馬じゃあるまいし」

いつもならそんな冗談の出るところだが、とてもそんな余裕はなかった。

信吾もわずかずつ出し、おなじ調子で捨てると、その上に、竈《かまど》の底から取って来た木灰を撒き散らした。

待つ身は辛《つら》い。

なにもしないで、となるとなおさらだ。

しかし耐え忍ぶしかないのである。

もしかしたら自分の思いちがいではないだろうかと、何度思ったかしれない。そのたびに頭を振って、その思いを振り払ったのである。何度も何度も。

こんなことならもう一回くらい、慣れない器の世話にならなければならないかもしれないという気がした。まさか尿瓶を、それも病人でもない自分が、一夜で二度も使うことになるとはだれが思っただろう。

待ちに待った浅草寺の時の鐘が八ツを告げたが、その音が消えぬうちに、信吾の耳はべつの音を捕らえていた。お勝手の口が静かに開けられたのだ。

よほど慣れた賊だということが、それだけでもわかる。鐘の残響に紛れて開けた音に気付かれぬというのと、鐘の音を合図に裏口を開けると決めていただろうからだ。それが一番わかりやすく、自然なのである。

サキと思われるぼんやりしたものが、一直線に裏口に向かうのがわかった。なにからなにまでむだがない。

信吾は音もなく立ちあがると懐から鎖双棍を摑み出し、両手で握って左右に引いた。鎖の繋がりが一本の鋼の棒になる。音を立てずに、寿三郎が信吾に続く。

サキが裏戸のサルに手を伸ばしたとき寿三郎が声を掛けたが、さすがにそれは上擦っていた。

「おサキじゃなくて、おセッさん。そこまでだよ」

振り返る気配があった。

「あら、若旦那じゃありませんか。こんな夜分にどうなさったの」

嫣然《えんぜん》と笑い掛けたと、顔は見えないが信吾はそんな気がした。

「サルを外さなければ、見逃してあげてもいいんだが」

言い終わらないうちに、信吾は寿三郎を突き飛ばした。サキが懐に手を突っこんだからだ。寿三郎が倒れたときには、短刀が信吾の胸に突き出された。ジャリジャリと不快な音がして、鎖双棍の鋼の鎖がそれを巻き取っていた。

「畜生。気取られた」と、サキが叫んだ。「みんな、逃げな！」

そのとき、裏戸の向こうが一瞬にして騒々しくなった。「引っ捕らえろ」「ふん縛れ」「糞《くそ》ったれ」「逃がすな」「喰らいやがれ」などの怒号と、金具の触れあう音、鈍くて重い打擲音、悲鳴などが入り混じる。

信吾は鎖で巻き取った短刀を遠くに捨て、懐に用意していた細紐でサキを後ろ手に縛りあげた。膝でサキの腰を押さえて身動きできなくし、鎖双棍を折り畳んで懐にもどした。

そうこうしているうちに、塀の向こうがいくらか静かになった。いつの間にか外側は明るくなっていたが、そのせいもあって内側がさらに暗くなったような気がした。

「マムシだ。ここを開けろ」

権六の野太い声である。信吾と寿三郎の名を出さず、自分を渾名で呼んだのは考えがあってのことだろう。信吾も渾名で呼んだ。

「なかなか、裏戸を開けてくれ」

　姿は見えないが、倒れたと思える辺りに声を掛けた。「ああ」と言ったのだろうが、声はくぐもってはっきりしなかった。

　戸を開けると同時に光が雪崩《なだ》れこんだ。そう思ったほど、長いあいだ闇に慣れた目には眩しかったのである。

　松明《たいまつ》を手にした岡っ引や、抜き身を提げた者、刺股《さすまた》や袖搦《そでがらみ》を持った者、龕灯《がんどう》を構えた同心らしき姿も見られた。縛りあげられ、地面に転がされた賊もいる。

「二人とも怪我はねえか」

　信吾が膝で身動きできないようにしたサキを見ながら、権六が信吾たちを気遣った。

「なんともありません。なかなかは」

「ああ、大丈夫」

　素早く周りを見廻した権六は、信吾が投げ捨てたサキの短刀を見付けた。細身なのですぐにわかったのだろう、サキの懐から鞘《さや》を取り出すと刀身を納めた。

「なにもかもおめえの読み切ったとおりだったが、終わりだけはちごうておったな。札付きの悪党は別扱いせにゃ、命取りになる。胆に刻んでおきな」

　自分の甘さを思い知らされて、信吾は何度もうなずいた。

「こういう輩《やから》を野に放つと、そのままですまんからな」

信吾の考えでは、寿三郎がサキに声を掛けた時点で、相手がこれまでだと観念し、すべてが終わるはずであった。サキがサルを外して戸を開けないので賊は侵入できないし、二人がサキを諭す声を耳にして事情を覚《さと》り、その場から逃げ去るだろう。サキを奉行所に突き出さず、事情があって田舎に帰ったことにするというのが、信吾の練った筋書きであった。

それでなにもかも収まると思うのは信吾の淡い願望であって、一度ねらいをつけた賊がそのままで引きさがるはずがない。実は信吾は宮戸屋で寿三郎にそのことを話したのだが、事と次第ではなにもないことにできるのではないかとの思いを、捨てられなかったのである。

「どうなるのですか」

「盗人《ぬすっと》の手引きをした者は死罪だ」

権六はサキを見下ろしたままで、冷然と言い放った。サキは歯を食い縛り、目を硬く閉じた。手引きをしただけで死罪であれば、徒党を組んで押し入ろうとした賊にもおなじか、あるいはもっと重い罰が与えられるはずだ。

「寿三郎」

悲鳴に近い声をあげながら、母親が勝手口から転びそうになりながら駆け出して来た。あとに父親や番頭など奉公人が続く。

「怪我はしてないかね。それに信吾さんも。寿三郎は信吾さんのとこに泊めてもらうはずではなかったのかい」

「いろいろ事情があるんだよ。簡単ではないから、あとで話す」

そうは言われても母親は早口で、息子をしきりと掻き口説くのであった。

父親に見られて信吾は咄嗟《とっさ》に言った。

「なにもかも権六親分さんが、賊が押し入る直前で防いでくださいました」

両親と奉公人たちに一斉に頭をさげられ、権六は「まあまあ」とでも言うふうに、手で制しながら言った。「なにごともなくてなによりだ。それからあるじさん」

「はい」

「のちほど詳しく聞かせてもらわにゃならねえ。奉公女のセツのことも」

「奉公人でしたら、サキではないかと」

「ああ、その名で奉公してたんだな」

そこへ町奉行所の同心が顔を出したので、権六や両親との遣り取りが始まった。

騒ぎを知った近くの商家のあるじや番頭が無事を喜んだり、同業が駆け付けたりと、騒ぎはますますおおきくなっていくにちがいない。

一段落が着いたところで、信吾は権六を人の輪から少し離れた場所に導いた。

「親分さんにお願いがあるのですが」

「おお、なんでえ」

「今回のことなんですが、寿三郎とてまえのことは、なるべくなら伏せていただきたいのですが」

「と言うてもかぎりがあるぜ」

「すべてがうまく運んだのは、親分さんのご助言のお蔭ですし、てまえの甘い考えで進めていたら、かならずやひどい目に遭ったはずです。極楽堂さんにも、なにもかも権六親分さんが防いでくださいましたと、話しておきましたので」

「そうじゃねえやな。信吾の読みがズバリ的中したんだ。おれはちょっとした綻びを、繕っただけだぜ」

「てまえも寿三郎も若いですから、あまり騒がれるとなにかと良くないと思うのですよ。てまえは将棋会所と相談屋をやってますから、それほどの影響は受けないかもしれませんが」

「なに言ってんだ。相談屋に箔《はく》が付こうってもんじゃねえか。信用って面から言や、これはおおきいぜ。引札もかなわねえ。笛や太鼓で江戸中を練り歩きてえくれえだ」

「ですが親分さん。てまえは堅実にやっていきたいんですよ。寿三郎だって、このあと極楽堂のあるじになる身です。こういう形で騒がれるのは、良くないと思いますから」

「信吾の妙な釣りあいの取りようは、どこから来てんだ。しかし、今までそれでやって来て、将棋会所も相談屋も人に認められてきたんだからな。よかろう、できるかぎりのことはしてやろうじゃねえか。なにしろ大恩ある信吾にそう言われりゃ、おれとしては逆らえねえからな」

「なにをおっしゃいます。恩はとっくに返していただいたばかりか、こちらこそ恩になっているのですから」

両親の営む会席、即席料理の「宮戸屋」が、同業に嵌《は》められて食中《しょくあた》り騒動で倒産直前に追いこまれたことがあった。

その折、悪辣な同業の企《たくら》みを鮮やかに暴いて、知りあいの瓦版書きの天眼に書かせたのが権六であった。お蔭で宮戸屋は被害者だとわかって同情を買い、同業が妬むほどの料理を提供する見世だということで、以後は満席が続くことになったのである。

そして今回の、竹輪の友寿三郎の実家「極楽堂」が強盗一味に襲われるのを、直前に阻止してくれたのが権六であった。

信吾としては、とても言い尽くせぬほどの恩を感じていたのである。

八

信吾は毎朝、六ツまえに起きて母屋と将棋会所の伝言箱を調べ、客からの相談事の紙片が入っていないかを調べる。続いて鎖双棍のブン廻しをし、常吉に棒術を教えることもあった。

そして食事をし、将棋会所の客が来るのは五ツごろなので、その四半刻くらいまえまで表の八畳座敷で波乃と茶を飲んで話すか、読書してすごすことが多い。

「変な空模様ですね」

湯呑茶碗を膝先に置きながら波乃が言った。

「変って、どんなふうに変なんだ。権六親分のようにか。それとも完太、寿三郎、鶴吉、常吉、ハツ、源八《げんぱち》、甚兵衛さん」

「なぜ周りの人の名前ばかり並べるのですか」

「波乃が変な、と言ったからだ」

「でしたら、最初にご自分のお名前を出さなくては。だって、一番変ですよ」

「ビリより一番がいい」

「ね、変でしょ。ちゃんとした受け答えができていません。あたしが言ったのは空模様です。雲が厚くって随分と暗くなったのに、一向に降り出しそうな気配がないんですもの」

波乃に言われ、信吾は障子を開けて空を見あげた。たしかに妙な空模様で、いつ降り出してもふしぎはないほど暗いのに、なぜか雨が降るという気がしないのである。

そのとき閃いた。

「おお、これだ。この日和。絶好の日和じゃないか。波乃、駒形堂まで散歩しないか」

「いいですね」

「よし、行こう。もしかすると、もしかするかもしれんぞ」

「なにがでしょう」

「それは行ってのお楽しみだ」

「初めて」

「なにがだい」

「信吾さんが子供みたいにはしゃぐのは、初めて見ました」

「はしゃぎたくもなろうさ」

そんな遣り取りがあって散歩に出たのだが、波乃には訳がわからなくて当然だろう。

大川を右手に見ながら、二人は川沿いの道を北に取った。まだ早い時刻なのに、大小の船や舟が頻《しき》りと川を上下している。

「やはりな」

正面を見据えながら信吾が言うと、波乃は首を傾げた。

「なにがでしょう」

「生き物は、人よりずっとすなおで正直ってことさ」

「うれしそうですね。信吾さん」

「うれしいのさ。波乃に友達を紹介できるからね」

「ということは、駒形堂で、なの」

「駒形堂だから、さ」

「訳がわからない」

黒船町の借家から駒形堂まではわずか三町半ほどなので、あっという間に着いてしまった。信吾はお堂ではなく、水際に波乃を連れて行った。

――憶えてくれていたか。

――信吾との話を忘れるほどじゃねえさ。

「あッ、川獺。すると信吾さん、これが中洲で会った川獺さんなのね」

波乃が素っ頓狂と言っていいほど、上擦った声を発した。

「川獺は明るいと、眩しくてよく見えないんだそうだ。この暗さなら大丈夫。波乃を川獺に会わせるため、お天道さまが粋な計らいをしてくれたのさ」

そう言って空を見あげると、どんよりと垂れていた雲が、いつの間にか薄く明るくなっている。まるで川獺と会わせるためだけに、朝のわずかな時間、塩梅《あんばい》してくれたとしか思えなかった。

「川獺ってこんな顔してたのね。近くで見るのは初めてなの」

「思ったよりいい顔だ。ふーん、こんな顔だったのか」

――おれにはよく見えたが、あんなに星が出ていても、信吾にはおれの顔が見えなんだようだな。

――なにかがいるようだ、くらいしかわからなくてね。

――信吾は、五人の中では一番まともだと思ったんだがな。考えてみりゃ、人間って案外と不便なものだ。

――いけない、忘れるところだった。ありがとう、川獺。ともかく、会って礼を言いたかったんだ。

――なんだよ、急に。

――おまえさんのお蔭で、寿三郎の家が強盗一味に襲われずにすんだからね。

――知ってることを教えただけだから、礼には及ばんよ。

実は極楽堂への押しこみ未遂事件には、ちょっとした続きがあった。

町奉行所の調べ事に協力したこともあって、寿三郎の両親が信吾と波乃のために宮戸屋に席を設けてくれたのは、事件から十日ほど経ってからであった。両親と寿三郎は改めて信吾に礼を述べたが、相談料の名目で五十両という謝礼を渡されたのである。

「こんな大金はとても受け取れません。てまえはたまたま、極楽堂が悪党一味にねらわれていると知りましたので、寿三郎の家が被害に遭っては事だと、親分さんにお報せしただけですから」

「ですが、押しこまれて有り金を根こそぎ盗られることを、いえ、場合によっては皆殺しの破目に陥ったかもしれません。それを考えますと、このような些少《さしょう》な額ではお礼にもならないことはよく承知しております。それにお礼と申しましたが、実のところは寿三郎からの相談料として、受け取っていただかないことには」

「でしたら、親分さんが力を尽くして未然に防いでくださったのですから、どうかあの方にお渡し願います」

「弱りましたね」と父親は、寿三郎と母親を見て苦笑した。「双方にそのように申されましては」

「双方に、ですか」

「実は親分さんにお渡ししましたところ、今回のことは信吾さんとてまえどもの寿三郎が力をあわせてやったのだから、お礼は二人にとのことでしてね。一人は倅ですので、どうかこれは信吾さんに受け取っていただきませんことには」

そうは言われても、でしたらありがたくという訳にはいかない。

「権六親分さんはなんとしても信吾さんにということでしたが、てまえの根気に負けたのか、信吾さんが半分受け取るなら自分も半分だけもらおうということで、納得していただいたのでございますよ」

とのことなので、信吾としてもそれ以上固辞できなかったのである。それで信吾に五十両を持って来たのであれば、父親は権六に百両を用意したことになる。

それにしても驚きであった。寿三郎の父親が、百両の謝礼を用意したことに対してではない。信吾が半分受け取るなら自分も、との条件を権六が出したことが、である。そんな岡っ引がいることは、絶対にあり得ないと断言していい。

信吾が将棋会所を開いて、ほどなく権六がやって来たことがある。家主の甚兵衛をはじめ客のだれもが、いちゃもんを付けて金を包ませるつもりだと思っていたのだ。

信吾の父の正右衛門《しょうえもん》、母の繁、祖母の咲江《さきえ》も口をそろえて権六の悪口を言った。商家に顔を出すのは金を包ませるためで、それに応じないといざというとき来てくれないとか、なにかと嫌がらせをする。渾名のマムシは、ちいさな目が左右に開いてマムシに似ているからでなく、執念深さと陰湿さのためらしいのである。

信吾が知っている、これまで接してきた権六は、耳から入って来る噂の岡っ引とは、まったくの別人としか言いようがなかった。権六が信吾と話していて事件解決の糸口を摑み、手柄を立てたのを恩に着ているとしても、考えられることではないのである。

信吾が金を受け取ったとき、寿三郎の父がこう言った。

「それにしても、権六親分さんは変わられましたな。人があそこまで変わるとは、驚き以外のなにものでもありません」

そのときには気にもならなかったのだが、あとになって信吾はふと思ったのである。父親は寿三郎と親しい幼馴染の信吾が、金を受け取らないことを予測していたのではないだろうか。そしてなんとしても受け取らせる方法を、懸命に考えたのかもしれない。

権六が受け取った礼金を半々に分け、信吾が受け取るなら自分も半分を、と言ったというのは父親の作り話ではないだろうか。そこまで言われれば信吾も受け取らざるを得ないからだ。とはいっても不自然さは否めないので、権六の変わりように驚いたことを補足した可能性が高いという気がした。

寿三郎の父親や権六との遣り取りには屈託が付き纏《まと》わざるを得ないが、その点、川瀬はすべてにおいて気楽であった。扁平で愛嬌《あいきょう》のある顔、好奇心が強くよく動く円らな瞳を見ているだけでも楽しくなる。

ちらちらと波乃を見ていた雄が、ついでのような口調で言った。

――ところでその人が信吾の嫁さんかい。いい女じゃないか。

雌の川瀬がなにか言い掛けたが、もちろん波乃にはわからない。

「あの、信吾がお世話になった川瀬さんのご夫婦ですね。それとお子さんたち。初めまして、あたしは信吾の伴侶《つれあい》で波乃と申します。川瀬さんには、今度《こたび》は本当にお世話になりまして、ありがとうございました。今後ともどうかよろしくお願いいたします。可愛いお子さんたちも、どうかよろしくね」

――子供は可愛いわよ。波乃さんも早く作んなさいよ。

――残念だけど、波乃には人の言ってることしかわからないんだ。

――不便だわね。だったら、信吾さんから言ってあげなきゃ。

――男の口から、それは言いにくいよ。

「ねえ、川獺さんがなにか言ってるみたいだけど」

「仲が良くてけっこうだね、だとさ」

――あらま、信吾さん。正直に言わなきゃだめじゃない。

――二人切りにならなきゃ、言えないんだろう。おれたちがいるから照れくさいのさ。

おっと、陽が射《さ》してきやがった。

川獺が目を細めて顔を歪《ゆが》めたと思うと、雲が切れたらしく、陽光が射して大川の水面が急に明るくなった。

――これじゃ子供たちが目を傷めてしまう。信吾、おれたちゃ行くよ。また、会おうぜ。

――ああ、かならずな。

川獺の表情から思いがわかったのか、波乃が言った。

「また、会いましょうね」

その言葉を合図のように、川獺の親仔は水中に消えた。細かな泡が次々と浮きあがってきたが、それが深みのほうへと移動し、やがて見えなくなった。

二人は河岸を下流の方角、黒船町に向かって歩き始めた。

波乃がしみじみと言った。

「信吾さんといっしょになれてよかった。本当によかった」

「どうしたんだ、急に」

「だってあたし、川獺と友達になれるなんて思ってもいなかったもの」

「それくらいで喜ぶのはまだ早い」

「えッ、どういうこと」

「そのうちに、豆狸にも逢《あ》わせてあげるよ」

そういえば、逢いたいと心の裡《うち》で願えばすぐ来てくれると言っていたが、と信吾は豆狸の顔を思い出していた。

目覚め

一

「そういえば常吉、ここしばらく店屋物を取っていないな」

ある朝、少しだけ早く食べ終わった信吾がそう言った。

信吾が波乃といっしょになってから、常吉は朝晩ともにモトを加えた四人で食事をしている。昼は将棋会所「駒形」の客がいつ来るかわからないため、信吾と交替で母屋にもどって食べるようにしていた。

「たまには店屋物を食べたいんじゃないか」

常吉は箸の動きを一瞬だけ止めたが、すぐに口をもぐつかせ始め、そして言った。

「てまえは、奥さまとモトさんが作ってくれるご飯とおかずがとてもおいしいので、店屋物を食べたいなんて思ったことは、これっぽっちもありません」

「あら、お世辞だとしても、うれしいことを言ってくれるわね」

波乃に言われ常吉は顔を赤くしたが、なかなかしおらしいことを言う。

「だけどおいしいと言われても、ちゃんと作っているのは晩ご飯とおかずで、朝と昼とはお茶漬けと残り物に、漬物と味噌汁《みそしる》だけでしょう」

少し間があってから常吉は言った。

「でも、お腹《なか》一杯食べられますから」

まるで卑屈さを感じさせぬ明るい声なので、却《かえ》って信吾は胸を衝《つ》かれた。

子沢山で弟妹にひもじい思いをさせないため、働ける齢《とし》になれば口減らしに奉公に出される子供がいることは知っている。しかし自分の奉公人の口から、それに関することを聞こうとは信吾は思ってもいなかった。常吉にすれば味はともかく、腹一杯食べられることがなによりもありがたいのである。

信吾が店屋物を話題にしたのは、こんなことがあったからだ。

「駒形」の客はほとんどが近くの住人なので昼は食べに帰っているが、弁当持参の者もいれば丼物や蕎麦《そば》などの店屋物を頼む人もいた。足腰が弱って杖《つえ》に頼らねばならないので、家に帰るのが億劫《おっくう》だという人もいる。そんなときは昼前になると註文《ちゅうもん》を聞いて、常吉が蕎麦屋や飯屋まで走るのであった。

昨日のことだ。空模様がおかしくなったというので、普段なら食べに帰るのに店屋物を取る人が何人かいた。出前を頼んでもどった常吉を、先に母屋に食べに行かせると、ほどなく註文の品が届き始めた。

談笑しながら食べる人たちを見ていて、波乃が来てから店屋物を頼んでいないのに、信吾は気付いたのである。そして、たまには店屋物を取ってみるかと思ったのだ。

波乃はべつに深く考えることなく、思ったことをそのまま口にしたのだろうが、腹一杯食べられるだけで満足ですとの常吉の返辞であった。

「波乃もモトも、毎日なにを作ろうかと考えるのはたいへんだろうから、たまには店屋物を頼もうと思ったんだがな」

「旦那さま。お気遣いなさらなくても、手間でしたら大したことございません。それに波乃奥さまには、いろいろな料理の作り方を憶《おぼ》えていただくのが先で、それがわたくしの務めでございますので」

春秋堂の善次郎《ぜんじろう》とヨネが、波乃の、特に料理の教育係として付けたモトとしては、当然の発言かもしれない。

「だったら、モト」と、波乃が言った。「そちらは予定どおりにいってるんでしょ。なかなか憶えが早いので驚かされます、って言ってたじゃない」

それは世辞ですよ、とモトが言う訳にいかないのを波乃は見越しているのだ。

「本当はみんなで食べに行ければいいんだろうけど、将棋会所と相談屋をやっていると、残念ながらそうもいかない。となると、店屋物を頼むしかないからね」

「あら、いいですね。あたし、たまには店屋物を頼んでみたいわ」

いい調子で波乃が合いの手を入れた。

「だそうだから、昼はなにか取ろう」と、信吾は常吉に訊《き》いた。「店屋物ならなにがいい」

急に言われて戸惑ったのかもしれないが、常吉はうれしいような、すなおに喜んでいいのかというふうな複雑な顔になった。

「でも、かまわないんですか」

「もちろんだよ。武士に二言はない。わたしは商人《あきんど》だけど、商人は武士以上に約束を守るからね」

「だったら、波の上」

将棋会所との境になっている柴折戸《しおりど》の向こうで、犬がひと声だけ吠《ほ》えた。信吾と波乃は思わず噴き出した。

「波《なみ》の上《うえ》が、自分を食べていいのかと言ってるぞ」

一度、なにかの褒美代わりに、鰻重《うなじゅう》の中を奮発してやったことがあった。商家の小僧としては考えもできない贅沢《ぜいたく》なご馳走《ちそう》である。鰻重には上中並があって、中は並の上なので洒落《しゃれ》て波の上と言うと教えてやった。それ以来、店屋物を取っていいぞと言うと、常吉はかならず波の上を頼む。

波乃を娶《めと》った信吾が隣りの借家に移り、常吉が将棋会所に泊まりこむことになった。子供一人では不用心だから、なにかあれば大黒柱に取り付けた鈴を鳴らすようにした。それだけでは不十分かもしれないと番犬を飼うことにしたが、信吾は冗談半分に犬の名を波の上にしたのである。

常吉の声変わりまえの甲高い声で、耳の良い波の上は自分が呼ばれたと思ったのだろう。吠え声を聞くなり、常吉は可哀想《かわいそう》なくらいベソを掻《か》いてしまった。

「少し残しておいてやれば、波の上のことだから、きっと許してくれるだろう」

せっかく楽しみにしているのだから、信吾は自分の分を残してやることにした。

「モトもおなじでいいかい。好きなものを頼んでかまわないよ」

「おなじものでけっこうでございます。どうも申し訳ありません、旦那さま」

「じゃあ、今日の昼飯は波の上を四人前頼んでおくれ。忘れるんじゃないよ」

常吉が忘れる訳がない。

「もしあれでしたら、旦那さまは母屋で食べてください」

波乃といっしょに食べるようにと、気を遣っているのだろうか。将棋客がいるところで信吾と二人で食べるのは、なんとなく落ち着かないのかもしれなかった。

「だったら常吉は、店番がてらそうしてもらうか」

ということで、常吉はモトが用意した波の上の餌を入れた皿を持って、将棋会所にもどった。

向かいあわせに並べた座蒲団《ざぶとん》のあいだに将棋盤を据え、その上に駒を入れた箱を置く。そして莨盆《タバコぼん》を用意し、客に茶を淹《い》れるために湯を沸かすのである。

信吾は客たちが集まる少しまえまで、表座敷で波乃と語りながら茶を飲んだ。

信吾が将棋会所に顔を出したとき、まだ客はだれも来ていなかった。

「席亭さん」

常吉にそう呼び掛けられて、信吾は「おやッ」と思った。それまでは旦那さまとしか呼ばれたことがなかったからだ。しかし将棋会所の客はだれもが信吾を席亭さんと呼ぶので、ついそう呼んでしまったのかもしれないと思った。

「どうしたら強くなれますか」

そうか、と思った。ここにきて力を付けていたが、強くなるとさらに強くと願うのが人の常だ。

「強くなりたいか」

だから訊いたのではありませんかという顔になって、すなおな常吉にしては珍しく返辞をしなかった。

「だったら、駒の並べ方から憶えなくてはならない」

「知ってますよ、それくらい」

「そうか、では並べてみろ」

二

信吾と常吉は将棋盤をあいだに挟んで坐《すわ》った。常吉は駒箱の駒を盤上に空けると素早く並べ始めたが、手にした順に決められた位置に置いてゆくだけである。

「並べ終わりました」

「町の将棋会所なら、それでいいかもしれないけれど」

「『駒形』は町の将棋会所でしょ」

「本当に強くなりたいなら、志を高く持たなくてはいけないぞ」

目を見ながらゆっくりと言ったので、常吉は真剣な表情でうなずいた。

「将棋盤には駒を置く升目が八十一ある。縦が九列で横が九列だからな」

縦の列は右から順に左へ九列まである。横の列も上から下へ、やはり九列ある。

「先番の側から見て右上隅は一ノ一と呼ぶ。すると左下隅は」

「九ノ九です」

「そうだ。ど真ん中は五ノ五となる。それとはべつに、縦の列を右から順に『いろは』で呼ぶやり方があって、横は『一二三』とおなじだから、右上隅は『いノ一』と呼ぶ。すると左下隅は」

ちょっと間があったのは、順番を数えていたのだろう。

「『りノ九』です」

「ど真ん中は『ほノ五』になるな。御城《おしろ》将棋《しょうぎ》と言って、毎年十一月十七日にお江戸の御城でおこなわれる将棋は、『いろは』を使っているそうだ」

「御城将棋なんてのがあるのですか」

「そうだ。将軍さまのまえで、大橋《おおはし》家と大橋分家、そして伊藤《いとう》家の家元が指すことになっている」

「将軍さまのまえで将棋を指すのですか」

考えることもできないのだろう、常吉がぼんやりとしているのはむりもない。

「駒形」は席料を払って指す客相手なので、並べ方がまちがっていなければ順番についてはとやかく言わなかった。いや、常連でも並べ方に順番があることを知っている者は、ほとんどいないだろう。ところが御城将棋は駒を置く順番が厳密に決められていて、大橋家と大橋分家、伊藤家ではちがっている。

まず先番が「ほノ九」、つまり真ん中の最下列に玉将を置くと、相手が「ほノ一」に王将を置き、以下も交互に並べてゆくのだ。

金将を玉将の左（へノ九）、続いて右（にノ九）、それから銀将を金将の左、右にというふうに、桂馬も香車も左、右と並べていく。そして角行（ちノ八）、飛車（ろノ八）を置く。続いて歩兵を五列の真ん中の下から三列目（ほノ七）に置き、あとは左、右の順に進めて、「いノ七」に並べてすべては終わる。そのとき相手は「りノ三」に最後の歩兵を置き、双方が並べ終わっているということだ。

これが大橋家と大橋分家の並べ順で、伊藤家では桂馬まではおなじである。次に歩兵に移るが、中央から左右に並べるのではなく、りノ七から順に右へ右へと、いノ七まで並べ、続いて香車を左右、そして角行、最後に飛車となる。

歩兵の並べ方がまるでちがうのだ。

「いろはと一二三は、どちらにすればいいのですか」

「どちらでもかまわない。自分が指したいほうでいいだろう」

常吉は少し考えてから言った。

「だったら、いろはにします」

「御城将棋とおなじだな」

「でも相手は知らないから、今までどおり並べますよ」

「構わないではないか。相手がどう並べようと、常吉は御城将棋の順に並べたらいいだろう。それを続けていたら気付く者がいると思うから、訊かれたら教えればいい。自分からは教えないほうがいいぞ。押し付けは厭《いや》がる者が多いからな」

「わかりました」

「どうしたら強くなれるかと訊いたな」

「はい。だけどあるのですか、そんな方法が」

「本気で強くなりたいなら、将棋盤に向かっていないときも、将棋を指すようにすればいいのだ」

「えッ」と、常吉は混乱した顔になった。「だって、将棋盤がなければ指せないじゃないですか」

「頭の中で指すということだな」

「頭の中で……」

客はだれも将棋盤を挟んで対局するし、当然だが常吉もそうである。

「そのためには縦の列と横の列を頭に叩《たた》きこむことだ。最初に御城将棋の並べ方を教えたのはそのためだぞ。いちいち数えなくても、駒が置かれた場所を言えるようになると、将棋盤がなくても指せるようになる。常吉は先番のとき、最初にどう指す」

「飛車先の歩を突くか、角道を開けることが多いです」

「列に直すとどうなるか言ってみろ」

「えッ」と一瞬詰まり、考えながら常吉は言った。「飛車先は、ろ、ノ、六に歩を突く、角道を開けるときは、……とノ六に歩を突く、ですか」

「上出来だ。ろノ六歩、とノ六歩だけで、突くとか指すは言わなくていい。最初は時間が掛かるだろうが、将棋盤が頭に入ると数えなくてもスラスラ言えるようになる。そうなれば、盤がなくても将棋が指せるぞ。二人で寝転がって天井を見ながら、ひと勝負できるなんてすごいと思わないか」

「できるんですか、そんなことが」

「もちろん。わたしは大旦那さま、つまり親父《おやじ》さんに将棋の手ほどきを受けた。それから親父さんの知りあいの人にも教えてもらったんだが、そのうちのお一人から、盤がなくても指せるようになると、段ちがいに強くなると言われた。それを続けるといつの間にか、相手の駒が次にどう動くかがわかるようになるんだ」

正確にはわかることがあるだが、ここは大袈裟《おおげさ》に言っておく。

「だから強くなれたんですね、席亭さんは」

席亭さんと言ったとなると、やはりこれは本物だ。常吉は、ついに本気になったのである。そのため将棋に関しては「席亭さん」、それ以外では「旦那さま」と自分の中で区別し始めたので、自然と呼称が変わったにちがいない。

ここだぞ、と信吾は臍下丹田《せいかたんでん》に力を籠めた。

「どうかな。頭に将棋盤が入るまでは随分掛かったが、そういえば、そのころから急に強くなったような気がする」

最後の部分はあざとい「くすぐり」だが、効果は思ったよりおおきかったようだ。常吉の目の色が、見ていてわかるほど変わったのである。

「だ、だれかに教えましたか」

教えられましたか、だろうと思ったが、まちがえるほど興奮しているということだ。考えている振りをすると、畳み掛けるように常吉が言った。

「例えば常連のお客さんとか」

「常連のお客さんでも強い人は知っているだろうから、教えたりしたら失礼になるし、知らなければ恥を掻かせてしまう」

「だったら留吉《とめきち》さん、正太《しょうた》さん、彦一《ひこいち》さんなんかには」

常吉は、子供客の中でも強い者の名前を並べた。

「だって連中は、本気で強くなりたいと思ってはいないだろう」

「そんなことはないですよ。だれだって強くなりたいと思ってます」

「だけど本気じゃない。いや、本気だとしても、常吉のように心底から強くなりたいと思ってる訳ではない」

「ハツさんは」

子供たちに女チビ名人と呼ばれているハツは十一歳の女の子だが、男の子はだれ一人として勝てない。ハツが「駒形」に通うようになって、留吉、正太、彦一などかなりの男の子が客になっていた。

「ハツさんか。あの子が一番、常吉とおなじくらい本気で強くなりたがっているな」

「だったら、教えますか」

「教えなくていいんじゃないかな」

「どうしてですか」

「あの子と指していると、頭の中に将棋盤が入ってるんじゃないかと、そんな気がするときがあるんだ」

「ふうん」

気の抜けたような言い方をしたが、心の中で渦が巻き始めたのが信吾にはわかった。

「であれば教えなくても大丈夫だろう。そうだな、しばらくようすを見てから、場合によっては教えるかな」

常吉の顔に安堵《あんど》の色が浮かんだ。自分だけが教えてもらったのだと思うと、取り組み方からしてちがってくるだろう。

まてよ、どこかでおなじようなことがあったな。ふと、そんな気がした。

そうだ巌哲《がんてつ》和尚だ。

信吾は名付け親でもある檀那寺《だんなでら》の巌哲に、護身術を習っている。九歳から棒術と、柔術とも呼ばれる体術を、十五歳からは剣術を、そして十七歳からは鎖双棍《くさりそうこん》を教えてもらっていた。

鎖双棍は琉球から南方から伝わったとされる、ヌウチクともヌンチャクとも呼ばれる双節棍《そうせつこん》に手を加えた護身具だ。五寸（約一五センチメートル）ほどの二本の棒を鋼の鎖で繋《つな》いだもので、あらゆる武器に対応できるように工夫されている。

一応、護身具となっているが、強烈な攻撃力と破壊力を秘めた武器でもあった。

巌哲は信吾が常吉にしたような方法を用いて、おだてたり賺《すか》したりしながら教えてくれた。自分が教えるようになって、信吾はそれがわかったのである。

そういえば波乃と夫婦になってからは、二人で連れ立って巌哲を訪れたことがなかった。二月の中旬に、いっしょになりますと紹介したきりだ。信吾自身は月に二、三度は護身術の稽古相手をしてもらっているのに、である。

「おはようございます」

格子戸が開けられて甚兵衛が挨拶したが、今朝も常連の一番乗りはこの人だった。

「おはようございます、甚兵衛さん。すぐ、お茶を淹れますから」

そう言って常吉は急ぎ足で八畳座敷を出た。

「おや、席亭さんじきじきの特別指導でしたか」

「やっと本気になったようですのでね。であれば心構えを、と」

「楽しみが増えましたな」

鰻重の出前は将棋会所に届けられたので、一つを常吉に渡して、三つは母屋に廻《まわ》してもらった。

三

客たちの多くは食べに帰っていたが、髪結の亭主である源八は女房が仕事で客を廻っているので、食べに出るか店屋物を取るようにしていた。今日は店屋物の日で、となれば見たくなくても見ざるを得ない。

「常吉は小僧のくせに、鰻重とはこれまた豪勢じゃねえか」

「旦那さまが波の上を取ってくれました。波の上ってご存じですか、源八さん。上中並の中ですよ」

「それくらい知ってるが、おれなんざ今日も寂しく掛け蕎麦だぜ。席亭さん」と源八は、信吾を見て哀れっぽく言った。「あっしを『駒形』の小僧に雇っちゃもらえませんかね。鰻重を喰《く》いてえや」

「なにをおっしゃいますか。源八さんを小僧なんぞにしようものなら、おスミさんに恨まれますよ」

信吾は話をそこで打ち切った。

源八は二十九歳で、スミは三十四歳と五歳年上である。「あたしは源八さんに惚《ほ》れちゃったから、一生面倒を見てあげるの」と手放しで惚気《のろけ》るほどだから、恨まれるどころではすまないだろう。

「常吉」

「はい。旦那さま」

ちゃんと「旦那さま」にもどっていた。

「おまえは全部食べていいぞ。波の上には、わたしの分を少し残してやるから」

「ですが、それではてまえの気持が」

とは言ったものの、その顔はすっかり綻んでいる。

「いいから食べなさい。お客さんがお見えになられたら、鈴で報《しら》せておくれ」

「はい。畏《かしこ》まりました」

その声を背で聞きながら、信吾は柴折戸を押して母屋側の庭に入った。波乃とモトが、鰻重と湯呑茶碗《ゆのみぢやわん》や急須を八畳間に運びこんだところである。

「せっかくのご馳走だから、こちらでいただきましょうね」

鰻重をいつもの板の間で、という気にはなれなかったのだろう。

「欠けたのでいいから、皿を用意してくれないかな」

「わたくしが」

立とうとする波乃を制して、モトは台所に姿を消した。

「どうなさるの」

「常吉が自分は全部食べないで、波の上にやると言うからね、それを知ったら黙ってはいられない。可哀想だから一列分残してやろうと思って」

「だったら、あたしも残しますね」

「あの、旦那さまと波乃奥さま」と、皿を手に八畳間に入って来たモトが言った。「差し出がましゅうございますが、犬に鰻重なんてとんでもないことです。大体が小僧に鰻重を取ってやるなんて、それも年に何度もでございましょう。呆《あき》れ果てて、なにも申すことができません」

そう言いながらも、言いたいことは言うのが強《したた》かな侍女というものだ。

「モトは大袈裟すぎますよ。年に何度もと言っても、まだたしか四回だからね」

「常吉は宮戸屋の大旦那さまが、旦那さまが独り立ちなさったときに、身の廻りの世話と将棋会所の雑用をさせるために付けた、小僧でございましょう。宮戸屋の、いえ宮戸屋にかぎりませんが、奉公人なんてだれも、鰻重なんて食べさせてもらえませんよ。ちょっとした商家でも、ご夫婦とお子さんで食べるのは、年に何度かですから。それを小僧なんぞに、しかも四度も」

「モトはそう言うけれど」と、波乃は信吾の肩を持たざるを得ない。「常吉は一人だけで信吾さんの下に付けられて、奉公人仲間がいないものだから、寂しい思いをしているのですよ」

「最初は寂しかったかもしれませんが、今は月に四日、手習所が休みの日には、おなじ年頃の子供がたくさん来てますから、寂しくなんぞあるものですか。子供の席料を半分の十文にしてからは、十二人も増えましたしね」

事実を根拠にしているので反論できず、つい押されてしまう。モトもそれに気付き、さすがに言いすぎたと感じたようだ。

「甘やかすと常吉本人のためにならぬから、申しているのでございます。旦那さまは人が好《よ》すぎますよ。あの年頃の子供を甘やかすと、世の中を、大人というものを舐《な》め切って、ロクな者になりません」

「それより温かいうちにいただきましょう。せっかくのご馳走が冷めては台なしだわ」

波乃の声は女性としては低いのに、はっきりしているので聞きやすくて耳に心地よい。おなじことを言っても、波乃の口からだと、ついそうだと思わせるところがあった。信吾はほっとしたが、モトもおなじように感じたのではないだろうか。

しばらくは黙々と味わいながら食べていたが、信吾は波の上のために一列分を残しておいた。

食べ終わり、モトの淹れた茶を飲む。

「モトは近頃の常吉しか知らないから厳しいことを言うけれど、あれでも随分と良く、しかもすなおになったんだよ」

さっき言ったばかりなのに、もう甘やかすのだから、とでも言いたげにモトは目を剝《む》いた。

「言い付けても三つのうちの一つは、ときによっては二つに一つは忘れていたものだ。食べることにしか関心がないし、静かだと思うと柱にもたれ掛かって居眠りをしてるというありさまでね。将棋を憶えてから、段々といろんなことに気が廻るようになったんだよ。だからもう少し長い目で見てやらなきゃ」

「将棋を憶えたからではなくて、あたしは信吾さんの人柄のせいだと思うの。信吾さんに接していると、まるで鏡に映ったように、自分の姿が見えてしまうのよ。その姿がみっともないと、直さずにいられないでしょう。あのね、モト」

「はい。なんでございましょう」

「信吾さんが将棋会所を始めて間もなく、泥坊が入ったんですって」

「あらま、恐ろしい」

「それがなんとお客さんで、売上をねらって忍びこんだの。それをとっ捕まえると左官の職人さんで、利き手を怪我《けが》して鏝《こて》を持てなくなったんですって」

「捕まれば、そういう泣き落としに掛かるものなんですよ、泥坊なんてものは」

「そうなの。モトはよく知ってるわね」

「ありふれた手口ですからね」

「信吾さんもそれがわかっていながら、売上の半分より多い五百八十八文を泥坊、万作《まんさく》さんというのだけどね、その泥坊にあげたんですよ。ところがあたしが信吾さんといっしょになってからだけど、一年と二ヶ月も経《た》って返しに来たの。信吾さんはそんなことすっかり忘れていたのに、泥坊さんは」

モトが激しく咳《せ》きこんだ。

「波乃奥さま。お願いですから、泥坊にさんを付けるようなことだけは、してくださいますな」

「まあ聞いてちょうだい。泥坊さんはあげた五百八十八文に、一朱の利子を付けてね」とおもしろがってだろうが、波乃は泥坊に「さん」を付けた。「今は一朱がおよそ四百文でしょ。五百八十八文に四百文の利子なんて、だれが払いますか。それを一年二ヶ月もすぎてから、わざわざ返しに来たんですからね。泥坊さんはね、自分が嘘《うそ》を吐《つ》いているのに、この人は信じてくれた。それとも、嘘を吐いているのを知りながら信じる振りをしてくれた。ああ、自分は今ここで立ち直らないと、とんでもない一生をすごしてしまうことになる。そう感じて一所懸命働いたのだと思うの」

「その辺にしてくれないか」と、ようやく信吾は言葉を挟むことができた。「なんだか、知らない人の話を聞かされているような気になるから」

「照れてるのよ、この人」

波乃がそう言うとモトは首を横に振った。

「呆れ果てました。なんてまあ、底抜けに人の好い。似たもの夫婦とは、まさにお二人のことですね」

信吾と波乃が顔を見あわせて思わず噴き出すと、モトは怒ることも忘れたように、まじまじと二人を見た。

「信吾さん。あたしたち何人に言われたかしら、似た者夫婦だって」

「極め付けはわたしの祖母でね」と、信吾はモトに言った。「こう言われたんですよ、二人は破鍋《われなべ》に綴蓋《とじぶた》だって。言い得て妙でしょう」

「信吾さんのなさることとおっしゃることに、腹を立てるのはやめました。立てるだけ馬鹿を見ることが、わかりましたから」

信吾が鰻重の一列分をモトの持って来た皿に移すと、波乃もそうした。それればかりではない、モトもやはり一列分を皿に除《の》けたのである。しかもすっきりした顔をして。

一列ずつでも、三人分なのでそこそこの量になった。将棋会所に持って行って波の上にやったりすれば、それこそ顰蹙《ひんしゅく》もので、客たちが目を剝くにちがいない。

波の上は犬のくせにわきまえたところがあって、呼ばないかぎり母屋の庭には入らなかった。柴折戸を開けて呼ぼうとすると、どうやら予感していたらしく、波の上が駆けこんで来た。

信吾と波乃は鰻重のお裾分けをしたが、「おまえがこんなおいしい物を食べられるのは、常吉のお蔭《かげ》だからね」と言うのを忘れなかった。もっとも、犬にわかったかどうかまではわからない。

食べ終えた波の上は口の周りを何度も舐め、尻尾を千切れんばかりに振っている。これに味を占めて頻繁に母屋の庭に来るようになるのではないか、とそんな気がした。

「おまえの仕事場は将棋会所だろう」

そう言って信吾が柴折戸を押すと、波の上は帰って行った。

食後の休憩を終えて「駒形」にもどると常吉が頭をさげた。客たちがいるからだろう、小声でこう言ったのである。

「旦那さま、ありがとうございました」

「なんのことだ」

「波の上がよろしくと言ってました」

「犬がそう言ったのか」

「言葉でこそ言いませんが、目と尻尾がそのように」

食べることにしか関心がなく、満足に挨拶もできなかった常吉が、こんな気の利いた言い廻しをできるようになったのである。「目と尻尾が」とは泣かせるでないか。人はわからぬものだとつくづく信吾は思った。

四

午後は対局や指導の予定が入っていなかったので、信吾は一度母屋に引き返した。思い立ったので、波乃に八ツ半（三時）ごろいっしょに巌哲和尚を訪ねようと言うためである。髷《まげ》は結ったばかりだが、着る物のこともあるだろうと思ったからだ。

対局や指導があればよろしく願いますと甚兵衛に頼み、八ツ（二時）を四半刻《しはんとき》（約三〇分）ほどすぎて信吾が母屋にもどると、波乃は準備を終えていた。島田髷に挿した櫛《くし》や笄《こうがい》は、新妻らしく落ち着いた色でまとめていた。黒縮緬《くろちりめん》で定紋付裾模様の黒の曙《あけぼの》染めの振袖に、帯は段織りの緞子《どんす》を矢の字結びにしている。

並木町の菓子舗で巌哲への手土産を包んでもらい、浅草の広小路を西に向かう。右手は広大な敷地を持つ金龍山《きんりゅうざん》浅草寺で、突き当たりが東本願寺《ひがしほんがんじ》であった。

浅草は寺の町で、そこから先にはさまざまな宗派の寺院が集まっている。西と北、そして南に掛けて、大名や旗本の御屋敷《おやしき》や町家と寺院が混在していた。

広小路を西に行けばすぐ東仲町で、両親の営む会席、即席料理の「宮戸屋」がある。

素通りする訳にいかないので挨拶したが、母の繁が丁度よかったと言って喜んだ。

「お住持っさんに会うのなら、持って行ってもらいたいものがあるのだけど」

下り酒のいいのが入ったので、届けるようにと頼まれたのである。

「帰りに寄りなさいね。信吾にもあげますから。若いんだから苦にならないでしょ。我が物と思えば軽し笠の雪、ですよ」

「右手で提げたら左手が空いてしまいますけど、それでは可哀想ですから左手にもおなじ物を」

「甘えたいなら、お嫁さんに甘えることね」

そう言って繁は波乃に笑い掛けた。話を聞いていたからだろう、正吾《しょうご》が紐《ひも》で提げるようにした徳利《とっくり》を持って現れた。波乃にお辞儀をしてから信吾に言った。

「巌哲和尚さんのところでしたら、わたしが持って行ってあげましょうか、兄さん」

「若夫婦の邪魔をするもんじゃないの」

「口惜《くや》しかったら、嫁さんもらいな」

「母さんもひどいけど、兄さんまで追い撃ちを掛けることはないじゃないですか、ねえ、波乃義姉《ねえ》さん」

「あたしに妹がいたら、正吾さんにもらってもらうのですけど。ごめんなさい、姉しかいなくて。しかもこのまえ、式を挙げたばかりだから」

「三人しかいないからいいけど、も一人いたら四面楚歌《しめんそか》になってしまう」

「あたしを呼んだかい、正吾」

言いながら顔を出したのは、祖母の咲江であった。

大笑いして二人は宮戸屋を出た。

「信吾さんが特別だと思っていましたが、家族ぐるみだったのね」

「ぐるみは大仰だけど、なにがだい」

「冗談好きで駄洒落好きなのは、お友達のせいだと思っていたの。竹輪の友の三人とか。とんでもない勘ちがいでした」

「家《うち》が特別なのかなあ。どこもあんなものだと思っていたけど。そう言うけれど波乃だって、正吾にけっこうひどいことを言ったじゃないか」

「そりゃ、そうなりますよ。白無垢《しろむく》で嫁入りしたのは、嫁ぎ先の家風に染まるためですもの」

「まるで冗談が家風みたいだな、わが家の」

「それこそ冗談ですね」

「冗談じゃない」

笑っているうちに寺に着いた。

月に二、三度は護身術や武芸の稽古で来ているので、小坊主とは顔馴染《かおなじ》みであった。

すぐに案内されたが、巌哲は自室で書見していた。

「よろしいのですか。読書中だったのでしょう」

「信吾は特別だ。しかも波乃さんがいっしょとなりゃ、待たせる訳にいかん」

「こんな物もいっしょなんですが。母に頼まれまして」

信吾は一升徳利を差し出した。

「いつもすまんな。繁さんによろしく伝えておくれ」

言いながら巌哲の目は、波乃が風呂敷を解いてそっと押し出した菓子包みを見ている。

「ほほう。両国屋清左衛門《せいざえもん》の大仏餅《だいぶつもち》ではないか」

「よくご存じですが、和尚さんは、たしか」と、信吾は徳利を示した。「こちらのほうが」

「両国屋の大仏餅は、学哲《がくてつ》の大の好物でな」

「学哲さんと申されますと」

「二人を案内した小坊主だよ。取《と》り敢《あ》えず預かって見習いをさせながらようすを見ていたが、なんとかなりそうなので僧名を付けた。まだ、言うとらなんだか」

「今伺いました」

「信吾のとぼけた言い方は、咲江さんの血を濃く引いておる」

「それ、ごらんなさい」

「なにがだな、波乃さん」

「冗談が家風なんです、宮戸屋さんの」

「そういうところを見ると、家風に染まったようであるな、波乃さんも」

「染められてしまいました。だってかないません。あたしは一人なのに、宮戸屋さんは五人掛かりですもの」

「染まっていい場合と悪い場合があるが、宮戸屋だったら染まったほうがいい」

「学哲さんが甘党でよかったですね、和尚さん」と、信吾が言った。「甘党と左党では喧嘩《けんか》になりませんから。両国屋の大仏餅が好きだとわかって、ホッとしたのではないですか」

「まだ小坊主だから甘いものに目がないが、こればかりはなんとも言えんぞ。十年も経ちゃ、いや五年もすれば大酒呑みになるやもしれん」

「そのときには、呑み比べができるではありませんか」

「子供のくせに妙なことを知っておってな」

「と、申されますと」

「大仏餅の由来を、わしに教えおった」

近ごろは浅草とか下谷《したや》でも売られているが、京都と奈良で名物になった大仏餅が江戸にもたらされたものだ。

京都では文禄《ぶんろく》四（一五九五）年に太閤秀吉が建立した方広寺《ほうこうじ》に、巨大な盧舎那仏《るしゃなぶつ》が安置されていた。その方広寺門前の老舗菓子屋が売り出したのが、大仏餅の始まりとされている。

　大仏さまならこちらが本家だと、奈良でも売られるようになった。それも由来の伝説付きで、である。

「豪傑の朝比奈三郎《あさひなさぶろう》が餅を喰って東大寺の梵鐘《ぼんしょう》を撞《つ》いたところ、三日三晩にわたって鐘の音が奈良の全域に鳴り響いていたらしい。大仏餅はそれに因《ちな》んで作られたというのだ。三日三晩も鳴り響いたとは大袈裟だが、大仏餅を売らんがため、剛力の豪傑と大仏を結び付けて、だれぞが創りあげた伝説であろうな」

「小坊主の学哲さんは、そんなことを知ってたんですね。一体、おいくつなんですか」

　そう訊いた波乃は、巌哲の答に目を円くすることになる。

「九つだな」

「わずか九歳でそんな難しいことを。末恐ろしいですね」

「なに、大仏餅を買いに行って、両国屋のあるじにでも教えてもろうたのだろう。わしはその小坊主の学哲に、教えてもろうたという訳だ」

「九歳で和尚さんに教えたとなると、とんでもない名僧になるかもしれませんよ」

「そう、かな」

「期待できるのではないですか。あッ」と、波乃は顔を輝かせた。「和尚さん。今のは駄洒落だったんですね」

「そう、だな」

その瞬間、笑い上戸の波乃の箍《たが》が外れてしまった。あわてて懐から手巾を出して目と口を押さえたが、手巾くらいでは間にあいそうにないので信吾が手拭を差し出した。

「ごめんなさい」

なんとかそう言うのが精一杯で、遣《や》り取《と》りを思い出したのか、体の震えはさらに激しくなった。

「恥ずかしいわ。なんて、はしたない」

波乃がようやくのこと、普段の低いが落ち着きのある声でそう言ったのは、かなり経ってからである。

「でも」と、波乃は楽しそうに言った。「学哲さんの大仏餅の由来って、『門前の小僧習わぬ経を読む』と『好きこそ物の上手なれ』を、むりやりいっしょにしたみたいで、おかしいですね」

「波乃どのはおもしろいことを言う。それにしても信吾は強運であるな」

「どういうことでしょう」

「わずか三歳にして、三日三晩も高熱に苦しめられながら、奇跡的に生還したほどの強運の持ち主だ。なぜなら、もう一人の運を背負っておるからな。つまり二人分の運に守られておるのだ、そこへ波乃どのという強い運が重なった。つまり三人分というか、夫婦で三人分の運を持っておるということだ。一人で三人分を背負うより、二人で三人分を背負うほうが、遥《はる》かに安定しておるということだよ。運は力というか、運も力だからな」

「運も力ですか」

　二人は同時に言ってから、驚いて顔を見あわせた。

「そうとも、運も力だ」

「やはり、そうだったんだ」と波乃とうなずきあってから、信吾は巌哲に言った。「実は和尚さん。めおと相談屋に名前を改めてから、二人が初めて取り組んだ相談が、どうにもならない難題で、頭を抱えてしまったことがありましてね」

　信吾は一人の若者から、友人の恋の悩みについて相談された。波乃もまたある娘から、おなじような相談を受けた。それぞれの友人は好き同士なのに、娘が、つまり娘の親の見世が、おおきな取引先からの婿養子を押し付けられたのである。

　友人でなく当の本人の悩みであり、二人が相思相愛の仲だとわかりはしたものの、にっちもさっちもいかなかった。ところがあっけなく解決したのである。婿養子を迫っていた当の婿が、さらにおおきな取引先から娘の婿にと請われたからであった。

　自分たちが無事に結ばれることになったのは、二人が真剣に考えてくれたからだと、信吾は若者から、波乃も娘から、それぞれ一両を謝礼として手渡されたのであった。相談料であればとてもあう額ではないが、自分たちの力でなんの解決もできなかったことを考えれば大金である。

当然だが名前は伏せたし、言わなければわからない場合は甲乙丙丁などで示した。

「愉快であるな」と巌哲は笑ってから、すぐ真顔になった。「それこそ幸運というものだが、まさに幸運、奇跡としか言いようがない。だからとゆうて、自分たちは運に恵まれているので、いかなる苦境に陥ってもかならずなんとかなる、と期待したり、過信したりしてはならぬぞ」

「わかっております。常に最大の努力を払っていさえすれば、そういうこともあるかもしれない、くらいに、いや、そういうことを考えるべきではないと」

「とはいってもどうにもならぬことはあろう。挫折も味わわねばならぬはずだ。だがな、信吾と波乃」

「はい」

「常に相談する者の立場で考え、取り組む心を忘れねば、解決できぬことはないはずだ」

「そうなんです。相談屋を始めたころはそれほどでもありませんでしたが、いろいろな仕事、立場、年齢のちがう人たちの悩みを聞くにつれ、ますますそれを強く感じるようになりました。常に相手の立場にならなければならない、と」

ほどなく声を掛けてから部屋に入った学哲が、手燭《てしょく》の灯を行灯《あんどん》に移した。二人は気付かなかったが、いつの間にか薄暗くなっていたのだ。

話が弾んで信吾と波乃が寺を辞したのは、浅草寺弁天山の時の鐘が夕六ツ（六時）を告げたのに驚かされて、であった。

五

「あれだけ左手が可哀想だと言っていたのに、どうしたんでしょうって、母さんが心配していましたよ」

翌朝の五ツ（八時）まえ、信吾が将棋会所に出ようとしたところに、正吾が酒徳利を提げてやって来た。しかも両手に提げていたのである。

「息子が朝から酒徳利をぶら提げて浅草の町をほっつき歩いていても、母親はなんとも言わないのかい」

「忘れていたくせに、そんな憎まれ口を叩くものではありませんよ。昨夜《ゆうべ》はもどりが遅かったようですね」

「巌哲和尚と話が弾んで、家に帰ってから酒を忘れたことに気付いたけれど、照れくさくてもらいに行けなかったんだよ」

前日は巌哲にお土産を買ったので広小路を通ったが、帰りは俗に門跡前と呼ばれている東本願寺表門沿いの道を取った。そのまま東進して田原町《たわらまち》と三間町《さんげんちょう》を抜け、駒形堂《こまんどう》の横を通って大川の河岸に出たのだ。

黒船町の借家に辿《たど》り着き、いつもより遅い食事を摂《と》りながら、そのときになって、酒をもらい忘れたことを思い出したのである。

「徳利一つしかあげないって言ったからかしら、そんなことでむくれる子じゃないのにねって、母さんが言ってたけど」

「それで二本持って来てくれたのか、たまには拗《す》ねてみるもんだな」

「波乃義姉さん」

「はーい」と返辞しながら、波乃がやって来た。「まえにも言いましたけれど、波乃と呼んでくださいね、正吾さん。おない年なのにお義姉さんなんて呼ばれると、すごく年上の小母《おば》さんみたいに聞こえるでしょ」

「兄さんですけどね」

「あら、どうかしましたか」

「母さんによると、むくれる子ですって。これからはむくれっ子と呼ぶといいですよ」

「いや、拗ねる子、拗ねっ子と呼んでもらおう。これからも拗ねてむくれるから、母さんによろしく言っといておくれ」

正吾は笑いながら帰って行った。

少し遅くなったが、将棋会所に顔を出すため境の柴折戸を押すと、波の上が期待に満ちた目で信吾を見あげていた。

「昨日は特別だぞ。いつももらえると思ったら、おおまちがいだからな」

わかったのかわからないのかわからないが、波の上は尻尾を振りながらワンと吠えた。

将棋大会のときには見物人が詰め掛け、かれらからも席料をもらったので常吉はかなり多忙であった。だが、平常はさほどのことはない。ほとんどの常連は席料を、月極《つきぎ》めで先払いしているので徴収する必要がないからだ。単発の客はそれほど多くないし、見物人は滅多にいないからである。

朝は来た客にまず茶を出す。その後は要求されたときにのみ出せばよいが、だれかが頼むと「おれも」「わたしにも頼みます」となるので、まとめて仕事ができる。あとは帰る人に履物をそろえなければならないし、外後架《そとごうか》なので小用《こよう》に出掛ける人にも履物を出す。

雨の日には蓑《みの》、合羽《カッパ》、傘などを受け取って壁の釘《くぎ》に掛け、帰るときには渡す仕事が増えた。莨盆の灰が一杯になれば捨て、夏場は蚊《か》遣りをくすべ、冬場は火鉢の炭を絶やさないようにしなければならないが、これらは仕事の内であった。

ところが「駒形」の仕事とはべつに、個人的な頼み事をされる場合がある。汗を拭きすぎて重くなった手拭を濯《すす》いでもらいたいとか、莨が切れたので銘柄や匁《もんめ》と値段を指定して、買いに行かせるなどの場合だ。

常吉は仕事の一部としてやっていたが、それを変えたのは甚兵衛であった。鼻紙が切れたので買いに行かせるとか、なにかの用を頼むと、「はい、ご苦労さん。わずかだがお駄賃だよ」と、大抵は一文、特別な場合には二文を渡したのだ。

甚兵衛がそうすれば、ほかの客もしない訳にいかない。常吉にはうれしい小遣い稼ぎであった。

そのうちに「駒形」には、莨を喫《す》う常連が何人もいると知った小売りの莨屋が廻って来るようになって、常吉の小遣い稼ぎは減ることになった。あとは縦長の箱を大風呂敷で背負った、貸本屋の啓文《けいぶん》さんが定期的に廻って来るが、これは常吉の稼ぎとは関係がない。

信吾は驚いた。

結跏趺坐《けっかふざ》した仏さまのように、目を閉じて身動きしない常吉の姿に気付いたからである。それは信吾と波乃が巌哲和尚を訪れた日、つまり四人が鰻重の波の上を食べた日、さらに言えば信吾が常吉に正式な駒の並べ方を教えた日の、翌日のことであった。

昔の悪い癖がぶり返し、居眠りをしているのかと思ったが、そうでないのはすぐにわかる。緊張感が漲《みなぎ》って、居眠りのときのように弛緩《しかん》していないからだ。

常吉は目を開けて懐から紙片を出すと、一瞥《いちべつ》してすぐに懐にもどして目を瞑《つぶ》った。

それだけでわかったのである。早速、頭の中で将棋盤を思い浮かべ、升の位置を特定する訓練を始めたことが。

気付かれぬように観察し、そっと忍び足でうしろを通りながら、横目で見ることを何度か繰り返した。すると反故紙《ほごがみ》の裏に、ちいさな将棋盤が描いてあるのがわかった。

横の列には、盤の図の右側に上から順に一から九までが記入してある。縦の列の上部には右から左へ「いろはにほへとちり」が、下部には横の列とおなじく一から九までが書かれていた。毎朝、鎖双棍のブン廻しで鎖の繋ぎ目を見る鍛錬を続けている信吾だから、見ることができたのである。

それぞれの升目の縦横の組みあわせを憶えるには、実にわかりやすい合理的な方法であった。常吉は頭に思い浮かべた升目を、「いろは」あるいは一二三の縦と、一二三の横の組みあわせで瞬時に言えるための訓練を始めたのだ。

なかなか考えているなと、信吾は常吉の工夫に感心した。

先手、つまり将棋盤の手前にいて、すらすらと縦横の組みあわせが指摘できるようになると、後手としても、つまり反対側に坐ってもおなじようにならねばならない。どちら側にいても、自分と対戦相手双方の升を自由に唱えられるようになるには、どれほどの日数が必要だろうか。

信吾の場合は常吉のように実際に将棋盤を描くことをせず、初めから頭の中ですべての作業をした。それがどのくらいの日数を要したか、はっきりとした記憶はない。やり方のちがう常吉が、どの程度の期間で頭に入れられるかの見当も付かなかった。

常吉と信吾のおおきなちがいは、信吾は時間が自由に使えたのに、常吉は仕事をこなしながらやらなければならない点にある。まとまった時間の取れることもあれば、暇ではあっても、飛び飛びに用ができて集中できないこともあるだろう。

五日か十日か、それとも半月だろうか。などと思っても仕方がない。根気よく待つしかないのである。

その夜、信吾は常吉と湯屋へ行き、帰って四人で食事を摂ると、木刀の素振りや、棒術と鎖双棍の組みあわせ技の鍛錬をせずに宮戸屋に出掛けた。

「二升もあげたのに、もう飲んでしまったのかい。そんな呑兵衛《のんべえ》の信吾に、進呈できるようなお酒は宮戸屋にはありませんよ」

母にからかわれたが笑顔で受け流した。

「探し物ですけれど、古い物なのであるかどうか」

物置小屋に置くほどではない物を取り敢えず仕舞ってある三畳間で、信吾は小ぶりな葛籠《つづら》を開けた。記憶にまちがいがなければ、そこに手習所で習った往来物、子供のころ夢中になった玩具《おもちゃ》などといっしょに、探している物が入っているはずなのだ。

あった。

信吾は父の正右衛門が、近所の人と将棋を指すのを見て自然と憶えたのである。ある日、横で見ていてつい漏らしてしまった。

「あ、それだと王さまと角が、お馬さんにねらわれる」

「なんだって」

正右衛門が言うよりも早く、相手が桂馬の両掛かりを決めてニヤリと笑った。

「信吾、おまえ見ていただけで憶えたのか」

今度は客が驚いた。

「宮戸屋さん。信吾坊ちゃんに教えた訳ではないのですか」

ということで正右衛門の手ほどきを受けるようになったが、たちまち父は子に勝てなくなってしまった。

そのころ父が買ってくれた物が、ちいさな葛籠に入れられたままになっていたのだ。半紙の四つ折りだから、縦が二寸七分強（約八センチメートル）、横が二寸（約六センチメートル）という、掌《てのひら》に入るほどのおおきさだ。

よくまあ、彫りも彫ったり、刷りも刷ったりである。これほどちいさな刷り物をと呆れるが、詰将棋の問題集であった。

表に将棋盤の一部と勝負途中図、横か下に攻め手の持ち駒が書かれている。王手の連続で相手の王将を追い詰め、最短で詰めてしまわなければならないのが、詰将棋の決まりであった。

そして裏面に解答が示されている。今の信吾なら見ただけで手順が読めるが、始めたころは苦労したものだ。

詰将棋の問題集が数冊、それから信吾がなにかの本から写した棋譜もあった。信吾はそれらを風呂敷に包んで、黒船町の借家に持ち帰った。

「随分と楽しそうですね」

繕い物をしながら待っていた波乃が、そう言って笑い掛けた。

「昔の自分を見付けたのさ」

「むくれてましたか、拗ねてましたか」

「今では信じられぬほど、すなおでいい子だったようだね」

それからも、信吾はさり気なく常吉の観察を続けた。目を閉じた仏像になり、時折、懐に手を入れて紙片を取り出す。その繰り返しだが、少しずつ、紙片を出して見る回数が減り、間隔が長くなる。

翌日は手習所が休みの日なので、子供たちがやって来た。

そして信吾は驚いたが、親分肌の留吉の妹の紋《もん》が、なぜか常吉を慕っているのがわかったのである。子供の席料が半額になってから通い始めた一人だが、将棋のことはほとんどわからなくても、いやそれだけに、常吉が真剣に取り組んでいるのがわかるのかもしれなかった。

紋はなにかあると、兄の留吉ではなく常吉に訊く。常吉は慕われてうれしいのか、仕事と割り切っているのかはわからないが、ていねいに教えていた。そして紋だけでなく、常吉に教えてもらう者が何人かいたのである。

信吾に言わせると、人に教えるほど勉強になることはない。教えるためには全体が見えていなければならず、要点を把握していなければ、わかりやすく教えられないからだ。

そして五日目になると、常吉はほとんど紙片で確認しなくなった。早くとも十日や半月は掛かると思っていただけに、予想外と言っていい。信吾の感じた以上に効果的な方法のようだ。

翌朝、信吾はいつもより早く「駒形」に顔を出した。そして客を迎える準備を終えた常吉のまえに、一冊の、信吾が最初に取り組んだ詰将棋の問題集を置いた。

「なんでしょう、席亭さん」

「常吉は詰将棋をしたことはあるのか」

「お客さまが話しているのを聞いたことがありますし、簡単なのを留吉さんに教えられました」

「だったら、どういうものかわかるな」

「はい」

「これは、わたしが最初に取り組んだ詰将棋の問題集だ。表に問題が、裏に答が書かれている。これをやってみなさい。つい答を見たくなるけれど、考えに考え抜いてこれしかないと思ってから見るように。そうでないと、強くはなれてもそこそこで終わってしまう。常吉は強くなりたいのだろう」

「はい。もちろん」

「だったら、答を見たくなっても、これしかないと百辺思うまで見てはならない。やれるか」

「多分」

「多分ではだめだ。胸を張って、はいと言えなくては」

「はい！」

格子戸を開けて入って来たのは、今朝も甚兵衛であった。

「はい。おはようございます。えらく元気がいいね、常吉さん。おや、詰将棋の問題集ではないですか。常吉がいよいよ本気になったと、席亭さんが言っていましたが」

信吾が甚兵衛とそんなことを話していたとは思ってもいなかったのだろう、常吉は耳まで真っ赤になった。

「そうだ。どうせなら、みんなに使ってもらったほうがいいな」

硯《すずり》に墨、筆と半紙を用意すると、信吾は次のように、見出しをおおきく、内容をちいさく書いた。

詰将棋問題集の貸し出しを始めます
問題集は七冊ありますので、席亭に申し出てください。

貸し出し期間は十日間で、次の希望者がいなければ十日の延期ができます。

期日までに返却しないとか、ひどく汚したり紛失したりした人には、以後の貸し出しはできません。

問題集は順次増やす予定ですが、使わなくなった問題集をお持ちの方の寄附は大歓迎です。

なお、借り出しの料金は要りません。


貼りだされた紙片を見て、甚兵衛が感心し切って言った。

「まるで将棋会所になってきましたな、席亭さん」

「まるで、はひどくありませんか。甚兵衛さん」

「これは失礼。まさに、あるいはまさしく、の言いまちがいでした。うっかり」

「うっかりがすぎますよ。意味がまるでちがってしまうじゃないですか。手習所が休みの日でなくてよかったけれど、子供たちがいたら信用を一気に失うところでしたよ」

甚兵衛と信吾のいささか大人気ない遣り取りを、常吉はまるで聞いていなかった。詰将棋の問題集を、喰い入るように見ていたからである。

信吾はこの分だと、若い人や研究熱心な客に、借り出しの希望者は多いかもしれないという気がした。

「いいお考えですね」

入って来るなり、黙って読んでいた桝屋良作《ますやりょうさく》がそう言った。昨年末の「駒形」開所一周年記念将棋大会で甚兵衛に勝って優勝した、常連の中でも最強の将棋指しである。

「もしかしたら、どこかに仕舞ってあるかもしれません。探してみましょう。あれば寄附しますよ、席亭さん」

「ありがとうございます。将棋会所をやる以上は、お客さんに少しでも強くなってもらいたいですから」

「てまえのところにもあるかもしれません」と、甚兵衛が言った。「本は、刷り物はいらなくなっても、処分できるものではありませんからね」

となるとほかの常連からも、提供があるかもしれないという気がした。

そこで信吾は、貸し出しのための帳面を作ることにした。問題集の番号順にし、項目を貸出日、借出人、返却日、備考とし、書き入れが一杯になれば、新たに加えて綴《と》じるようにしたのである。

六

早く来るか遅く来るかのちがいはあっても、「駒形」の客は八ツ半ごろには帰り始め、七ツ（四時）か七ツ半（五時）にはいなくなる。客が帰ってしまうと、信吾と常吉は将棋の盤と駒を拭《ふ》き浄《きよ》め、紛失した駒がないかをたしかめるのであった。

「旦那さまにお願いがあります」

常吉がそう言ったのは、詰将棋の問題集を渡した数日後のことだ。盤と駒を片付け終わったときだが、常吉が改まってそのように切り出したのは二回目である。

一回目は昨年秋であった。

のちに女チビ名人と呼ばれることになるハツが、祖父の平兵衛《へいべえ》と初めて「駒形」に来た日のことだ。どの程度の力量かを量るため信吾が対局したが、途中で動かなくなったハツがポロポロと涙を零《こぼ》し始めた。

一年もせぬうちに教えた自分を負かすようになったと平兵衛が言った十歳の女の子が、負けて当然の席亭に敗れたからといって泣き出したのである。よほど口惜しかったのだろうが、それは勝てばなにものにも替え難い悦《よろこ》びがあることを、意味しているからにちがいない。

ハツに衝撃を受けた常吉は、なんとしても将棋を憶えたくなったらしいのだ。それまでは暇を持て余した年寄りの退屈しのぎ、くらいにしか思っていなかった将棋が、まるでちがって感じられたのだろう。

それがわかっていながら、信吾はついからかってしまった。お願いがありますとの言葉に、間髪を容《い》れず言ったのである。

「奉公を辞めたい、と言うのではないだろうな」

驚く常吉に追い討ちを掛けた。

「奉公人が膝をそろえてきちんと坐り、旦那さまにお願いがありますと言うときは、九分九厘そうだと決まっている。そのとき一度は引き留め、それでも辞めたいと言えば、そこで初めて認めるものだ。だが、わたしはそれほどわからず屋ではない」

辞めたいなら反対しないと言ったも同然だが、真に受けた常吉が途方に暮れているのを見ると、さすがに可哀想になった。

「お願いですから将棋を教えてください、そう言いたかったのではないのか」

そのときの常吉の安堵の顔が忘れられない。そんな遣り取りがあり、王将と玉将のちがいから、指導することになったのである。

さて、二回目の願いとはなんであろうか。

「すぐという訳ではないのですが、てまえは少しでも席亭さんのお役に立ちたいと思っています」

相談屋として安定してやっていけるようになるまで、日々の糧を得るため、信吾は日銭の稼げる将棋会所を併設した。そして波乃という伴侶を得て、より幅広い層の悩みを解消できるようになりたいと願っている。

何年先になるかわからないが、比重をおおきくしていって、ゆくゆくは相談屋に徹したいと考えていた。そのためには将棋会所をどうすればいいか、である。

信吾自身、将棋が好きでたまらないし、できるかぎり多くの人に楽しんでもらいたいと願っている。「駒形」は常連も多いし、なによりも若い層や子供客が次第に増えていた。相談屋一筋でいくために会所を閉じてしまうことは簡単だが、それはしたくない。

信頼できる人に任せるべきだろうが、どのようにしてそれを育てるかが課題であった。とすればまさに渡りに船というところだが、手放しで喜べない部分も多いのである。だとしてもまずは常吉の話を聞いてからだろう。

「役に立ちたいと思ってくれているのはありがたいけれど、どのように役に立とうというのだ」

「子供のお客さまが急に増えました」

「席料を大人の半分の十文にしたからな」

「そうなりますと、席亭さんや甚兵衛さんは対局や指導もありますので、手が廻りかねることになります。ですから、将棋を知らない子供や始めたばかりの人には、てまえが教えてはどうかと」

「しかし、わたしも甚兵衛さんも付きっ切りで教えてはいないし、絶えず対局や指導がある訳ではないからな」

「それはてまえにしてもおなじで、お客さまのお世話とか、なんやかやしながらですけど、子供を教えるくらいのお手伝いだったら、できると思うのです」

「ここにずっといてもらえるなら、それもいいかもしれんが」

「えッ、どういうことでしょう」

ずっといるならと言われるとは、考えてもいなかったのだろう。かなりうろたえるのがわかった。しかし言うべきことは、言っておかねばならない。

「常吉は駒形ではなく宮戸屋の奉公人だということは、わかっているね」

ますます不安な顔になって、常吉は微《かす》かにうなずいた。

「わたしが相談屋と将棋会所を開いたとき、大旦那さまが手伝いをするように常吉を付けてくれたのだ」

「ですがこの一年半近く、てまえは駒形の奉公人として」

「去年の師走に大旦那さまが、常吉は一年間よくやっていろいろできるようになっただろうから、宮戸屋にもどして本格的に商いを仕込みたいと言って来た。べつの小僧を寄《よ》越《こ》すと言われたのだ」

「ほ、本当ですか」

「こんなことで嘘を言っても、仕方がないだろう」

「そ、それで」

「将棋にはいろいろな決まり事があるので、だれにもできる訳ではありません。常吉がようやく将棋と会所の仕事を憶えたのに、まったくの素人を寄越されてはやっていけませんよ、そう言って残ってもらうことにした。しかし、いつ大旦那さまが、おなじようなことを言って来るかわからないからね」

　思いもしない方向に話が進んだからだろう、常吉は呆然《ぼうぜん》としている。自分の立場の不安定さを、見せ付けられたからかもしれない。

「常吉はここしばらくでうんと腕をあげているし、もっともっと強くなりたいと励んでいる。しかもわたしの片腕になろうと思ってくれているのだから、こんなうれしいことはない。だけど今度、大旦那さまが常吉をもどすように言ってきたら、反対しきれないかもしれないのだ」

「ふーッ」と、常吉が溜息《ためいき》を吐いた。

「常吉はなんとしても駒形にはなくてはならないので、譲ってもらいたいと言えば」

「言えば」

その言葉に縋《すが》り付きたいというのがわかるだけに、顔を見るのがいささか辛《つら》い。

「宮戸屋が親御さんから預かった大事な奉公人だから、そんな勝手が許される訳がないと突《つ》っ撥《ぱ》ねられて終わりだろうな」

そう言ったのは、可能性が少ないのに期待させたくなかったからである。信吾が強引に交渉すれば、それでも正右衛門が突っ撥ねることは考えられないが、今それを言うべきではない。

「将棋がわかりかけて、おもしろくなってきたのだろう」

言葉にならず弱々しくうなずいた。

「好きになって、なんとしても続けたいのだな」

いくらか強くうなずく。

「頭の中で将棋盤を思い浮かべられるようになったのだから、宮戸屋にもどっても、暇なときには独りで楽しめるじゃないか」

常吉は弱々しく首を振った。出鼻を挫《くじ》かれた思いをしていることだろう。将棋のおもしろさと奥深さに気付き、信吾に将棋盤なしでも指せることを教えられたのだ。そして盤を頭の中に徹底的に刻みこんだばかりであった。

本気になって将棋に励み、少しでも信吾の役に立ちたいと心に決めたのに、宮戸屋にもどらねばならぬかもしれないと言われたのである。坐ろうとしたら座蒲団を蹴られて、板の間に坐るしかない、いや、もっとひどい思いを味わったにちがいない。

「だけどな、だれもが認めるほど強くなったら、駒形にいられるかもしれんぞ」

「本当ですか」

とは言ったものの、どこか半信半疑というところが感じられた。

「奉公人のくせにって、留吉たちにからかわれたことがあったな」

チラリと見たが、なにを言い出すのだという顔である。

「ところが常吉が留吉と指して勝つと、だれもからかわなくなっただろう。お紋や新しく通うようになった子供のお客さんが、留吉や正太、彦一たちでなく、常吉に教わりに来ているな」

「はい」

「なぜだかわかるか。わかる訳ないよな。最初の日に、将棋盤に向かいさえすればだれもがおなじだと言った。齢の差や身分、金持ちかどうか、大人か子供か、男か女かなんかも、なにもかも関わりがなくなる。だれもがおなじなのだ。そういった教えをちゃんと守って、常吉はだれにもおなじように対している。通うようになったばかりの、年下の女の子、お紋に対してもだ。もっとも、お客さんだからという気持も働いているのだろうがな。ところが留吉はお紋が妹というだけで、威張っているだろう。子供はそういうところを見抜くのだ。ハツさんがまだ十一歳の女の子なのに、なぜみんなから一目も二目も置かれているか。常吉にはわかろうな」

「強いからです」

「そうだ、強いからだ。強くて礼儀正しいからだ。朝、会所に来ると、おおきくて明るい声で、みなさんおはようございますと挨拶する。常吉は礼儀をわきまえている。だから、もっともっと強くなって、そうだな、ハツさんに勝つようになってみろ。だれだって常吉を、これまでとはちがった目で見るようになる。そうなれば大旦那さまがなにを言って来ても、わたしだって、常吉は駒形にはいなくてはならない奉公人だと言えるんだ。そうなってもらいたいので、頭の中の将棋盤のことを教えたんだぞ」

喋《しやべ》りながら、話をどこに持っていけばいいのかと思い迷っていたが、どうやらうまい具合に納まったようだ。

ついしばらくまえまで光を喪《うしな》っていた常吉の目が、いつの間にか輝きを取りもどしていた。

繋ぎ役

一

「あるいは、ご存じの方がいらっしゃるかもしれませんが」

深々とお辞儀をして顔をあげた武蔵屋彦三郎《むさしやひこさぶろう》が、参列者に笑顔を向けてそう切り出すと同時にあちこちで声があがった。

「だれだって知っておりますよ」「ご存じでない人はおらんでしょう」「めおと相談屋に、看板を替えられましたね」「それを祝いにまいりましたから」などと、だれが言ったかわからぬほどで、部屋中に笑顔が溢《あふ》れていた。

そのとき膝立ちになり、両手をおおきく拡《ひろ》げ、掌《てのひら》で抑えるようにして一同を鎮めたのは河内屋《かわちや》である。武蔵屋をよく思っておらず、なにかあると皮肉るのを知っている者がほとんどなので、鼻白んで笑いは一気に退《ひ》いた。

満足げにうなずいて河内屋は言った。

「知らぬは武蔵屋さんばかりなり」

ドッと弾《はじ》けて一座は爆笑の渦となった。式を挙げるまえから、信吾と波乃がすでにいっしょに暮らしていることを、仲人役の武蔵屋が知らぬはずがないからだ。

間を外した河内屋の冗談が、偶然だろうがピタリと嵌《は》まったのである。もしかすると本人には冗談のつもりなどまるでなくて、目一杯の皮肉が空振りに終わったのかもしれなかった。

ざわめきがスーッと引いて全員の目が武蔵屋に集まったのは、思い掛けない盛りあがりを、武蔵屋がいかに収めるかに期待したからだろう。

「ということで挨拶を終わらせていただければ、まことに楽でございますが、それでは披露目の役を果たすことができません。退屈ではございましょうが、しばらくわたくしめの話にお付きあいくださいますように」

そう前置きして武蔵屋は話し始めた。

前年の一月十三日に信吾の父である宮戸屋のあるじ正右衛門は、今日とおなじ向島《むこうじま》の料理屋「平石《ひらいし》」に席を設けた。平石は墨堤《ぼくてい》の左岸、竹屋《たけや》の渡しの船着き場に近い三囲稲荷社《みめぐりいなりしゃ》に接し、鯉《こい》料理で知られている。

正右衛門は、宮戸屋が世話になっている人たちへのお礼を兼ねてささやかな宴《うたげ》の席を、としか招待状に書いていなかった。そのため参集した人たちは、興味津々となり、その成り行きに意外な思いをさせられることになったのである。

宮戸屋は長男の信吾でなく次男の正吾が継ぐことになった、と正右衛門は告げて参列者たちを驚かせた。信吾は独立して「よろず相談屋」を開くとのこと。かといって若輩の身でもあり、すぐにはやっていけないだろうから、将棋会所「駒形」を併設する。家を継ぐことになる正吾をはじめとしてだれもが猛反対したが、信吾の意志は固く、どうしても説得できなかったと語った。

それには、三歳の齢《とし》に三日三晩高熱に苦しめられた信吾が、奇跡的に命を取り留めたことが、おおきく関わっている。自分が生かされたのは、世のため人のためにすべきことがあるからだとの思いがあって、信吾は老舗の会席、即席料理の宮戸屋を弟の正吾に託したのだ。そして悩める人の相談に乗りたいと、「よろず相談屋」を開いたのであった。

実際は、ごく稀《まれ》に記憶が抜け落ちることがあって、商人としてやっていけないという理由のためだが、正右衛門はそれには触れなかった。将来の正吾の嫁取りや商売に、差《さ》し障《さわ》りが出かねないからである。

人の相談に乗るなどは人生の経験を積み、さまざまな知識をそなえた人だからできることだと、だれもが危ぶんだのは当然だろう。そのとき後押ししたのが武蔵屋彦三郎である。どうにもならない悩みがあったが、信吾と話すことで思いも掛けず解消した経験があって、この若者には特殊な能力があると直感したからであった。

紆余曲折《うよきょくせつ》はあったが、少しずつ実績を積んで、よろず相談屋と信吾は次第に世間に認められるようになっていた。

　一方の将棋会所も順調で、開所一周年記念将棋大会を開催することもできた。その折、難癖を付けて金を包ませようとしたならず者を、信吾が軽くあしらって退散させたことが瓦版に取りあげられた。瓦版を見て初めて、相談屋を開いていることを知った者も多かったようだ。

　そうこうしているうちに、阿部川町《あべかわちょう》の楽器商「春秋堂」の波乃との仲が、一気に進んだのである。

「阿部川町の小町姉妹として評判の妹さんが波乃さんですが、これに関しましてもみなさまはよくご存じだと思います。二人は意気投合しましたが、姉の花江《はなえ》さんの婚礼まえに式を挙げる訳にはまいりません。そこで取《と》り敢《あ》えずいっしょに暮らすことになり、不肖わたくし武蔵屋が月下氷人を務め、二月二十三日に両家の家族だけで仮祝言を執りおこなったのであります。そのご縁で本日の披露目の進行という大役を、仰せつかりました次第でございます」

　仮祝言に列席したのは、仲人の武蔵屋彦三郎夫妻のほかは親兄弟だけであった。新郎の信吾に両親の正右衛門と繁、祖母の咲江と弟の正吾、新婦の波乃と両親の善次郎にヨネ、そして姉の花江である。

「そのような事情がありましたので、本日まで信吾さんも波乃さんも、ともに独身《ひとりみ》ということになっておりました」

「知らぬは武蔵屋さんばかりなり」

二度目は河内屋ではなかったが、笑いは最前よりおおきく、そして温かかった。

「その仮祝言でございますが」

武蔵屋はさり気なく触れた。

それまでの祝言は五ツ半（午後九時）、早くても六ツ（午後六時）から始め、夜を徹して飲み明かすのが通例であった。しかも嫁入りの場合は新郎宅に花婿の身内が集まり、式には新郎新婦と三々九度の盃事《さかずきごと》に関わる人だけが立ちあう。その後、新郎側の縁者が加わって徹夜の宴会となる。

後日、花嫁の実家で婿を披露する宴をおこなった。婿入りの場合は嫁入りの裏返しということである。つまり花婿側と花嫁側でべつべつに、新しい身内になったことを披露するという、むだをやっていた。

信吾と波乃の仮祝言は八ツ半（午後三時）から挙行し、夕刻には新郎新婦だけを残して家族は引きあげた。仮祝言ということもあり親兄弟だけだから可能だったのだが、実際におこなってみると実に合理的であった。なによりも新郎新婦の家族が、一堂に会して親交を深められるのがいい。

長いあいだ家同士の縁組に重きが置かれ、家の繁栄を支えるべき新郎新婦が蔑《ないがし》ろにされていた。これでは主客転倒と言うしかない。すでに時代にあわなくなったにもかかわらず、馬鹿正直に旧慣を遵守していただけなのだ。

その良さに目から鱗《うろこ》が落ちる思いをした善次郎とヨネは、長女花江の婚儀でもなんとか婿側の両親を説き伏せて昼間におこなったのである。

「それが、これで変わるか江戸の祝言、の見出しで瓦版に取りあげられ、かなりの評判となりましたことは、ご存じの方も多いと思います。以来、昼間の祝言が増えておるようでして、今回のお披露目も、一部の方には迷惑をお掛けしたようですが、ご協力いただきまして本当にありがとうございました。お蔭《かげ》さまをもちまして、信吾さんと波乃さんの披露の宴を盛大に執りおこなうことができますことを、心よりお礼申しあげます」

二月の仮祝言は八ツ半からであったが、三々九度はすませていたのでこの日は披露宴だけとなり、七ツ（午後四時）からおこなわれた。仮祝言は少人数だったので黒船町の借家でも問題なかったが、披露宴は新郎新婦の親類だけでなく、世話になっている得意先も招いたので、かなりの人数となった。

本来なら東仲町の宮戸屋でおこなうべきだろう。もともと料理屋であり、部屋数も多いので、襖《ふすま》を取り払えば大広間にできるからである。

信吾は長男ではあるが家を出た身で、見世は弟の正吾が継ぐことになっていた。それもあって正右衛門はけじめを付ける意味で、披露宴も平石で行うことにしたのだと思われる。

江戸の町は朝が早い。明けの六ツ（六時）には蜆《しじみ》、納豆、豆腐、魚、野菜などの棒手振《ぼてふ》りが売り歩き、商家でも見世まえを掃《は》き浄《きよ》めて箒目《ほうきめ》を入れる。

夜も早かった。ほとんどの職人は七ツよりまえに仕事を終えており、その時刻に暖簾《のれん》をおろして片付けを始める商家も多い。そのため出席した人たちに、さほどの迷惑を掛けずにすんだのだ。

お開きを五ツ（八時）にしたのは、多くの列席者が大川の右岸、浅草界隈《かいわい》に住んでいるからであった。

料理屋「平石」のすぐまえには竹屋の渡し場があるが、すでに終《しま》い船《ぶね》が出たあととなる。そのため墨堤の左岸を吾妻橋まで歩き、七十六間（一三七メートル弱）の橋を渡って自分の町まで帰らねばならないからだ。

二

武蔵屋の挨拶が終わったので、あとは無礼講に近い宴会になった。

信吾と波乃の席には、次々と祝いを述べる人たちがやって来た。盃に唇を付けるだけですまそうとしたが、飲み干すのをたしかめてから注《つ》ぐ人が多いので信吾は閉口した。

「それにしてもその若さで、悩む人の相談に乗ろうとお考えとは、さすが宮戸屋さんのご長男だと感心いたしましたですよ」

　そう言って銚子《ちょうし》を差し出したのは、前年の一月の宴にも顔を見せていた瀬戸物屋のあるじである。

「思ったほどお役に立てないので、非力を感じさせられることがたびたびでしてね」

「そうはおっしゃっても、ほどなく一年半を迎えられるではありませんか。大したものです。実のところ一年、いや半年も持たずに親御さんに泣き付くのではないかと見ていたのですがね」

　瀬戸物屋は正直な男らしい。大抵の者がそう感じてはいても、礼儀として口にしないだけなのだろう。

「いえ、青息吐息でやっていることに変わりはありません。将棋会所の日銭が入りますので、なんとか続けられる次第でして」

「なにが青息吐息なものですか」と横から口を挟んだのは、扇問屋のあるじであった。

「なぜかって、嫁さんをもらって商売をぐーんと拡げられたじゃありませんか。そうでしょうが、奥さん、お嫁さん、波乃さん」

「それほどお飲みとも思えませんが、もしかするとお酔いになられたのでしょうか」

　波乃が控え目に窘《たしな》めたが、相手は顔のまえで手をおおきく横に振った。

「それよりも、どういうきっかけで『めおと相談屋』に名を改めたのか、聞かせてもらいたいものですな」

波乃が困惑気味に横目で見たので、信吾はうなずいて見せた。

「主人がいないときに子供さんが相談に見えたことがありましてね、わたくしが相手を致しました」

「子供がですか。子供に悩みなんぞあるんですか。それはいいとして、相談屋である以上は相談料を取るのでしょう」

「自分で縫ったのでしょうか、それほどおおきくない袋に一杯お金を貯《た》めて。ほとんどが一文銭で、波銭《なみせん》も何枚か」

アキたちもらわれっ子のことだが、波乃も心得たもので、子供たちに関しては触れることをしない。

「ほう。それで悩みをなくしてあげられましたか」

「はい。なんとか」

「いくら貯めてたんですか、その子は」

つまり相談料として、いくらもらったのか知りたいのだろう。めおと相談屋の看板にも伝言箱にも相談料に関しては触れていないので、いくらくらいなのかとだれもが気にしているのかもしれなかった。

当然だが答える訳にいかない。

「それはちょっと」

「嫁さんがお困りだ。そこまで訊《き》くのは、不躾《ぶしつけ》ではないですか」と、べつの男が割りこんで来た。「それにしても、ねえ、お二人。そう言っちゃなんだが、相談屋なんて変わった仕事をやってりゃ、おもしろいというか、奇妙奇天烈というか、ちょっと常識では考えられんような悩み、相談も持ちこまれるのではないですか」

それには信吾が答えた。

「ええ、この仕事をしていなければ一生縁のないような、ふしぎな話を聞かされることもありますね」

「例えばどのような」

いつの間にか、座のほとんどの人が聞き耳を立てているのがわかった。相談とか相談屋という言葉を耳にしたからだろう。素知らぬ顔はしていても、心に野次馬を飼っているのはだれもおなじようだ。

こうなれば素通りできないな、と信吾は肚《はら》を括《くく》った。なるべく短く、相談客の秘密を洩《も》らすことはしてならないが、相手が肩透かしを喰《く》ったように感じても、落胆させてもいけないのだ。

「それは、とんでもない、とても信じられぬような相談を持ち掛けられることもあります。戯作者《げさくしゃ》や噺家《はなしか》さんに教えたら、その場で一篇《いっぺん》の物語を創りあげてしまうだろうと思うような、途轍《とてつ》もなくおもしろい話もありますよ」

「例えば」

信吾は考えこみ、悩んでいるふうを装ったが、そのときには全員が期待に燃える目で見ていたのである。

「みなさま、さぞや知りたいことだとお察しいたします」

「そんなふうに言われりゃ、なおさら」

「この胸の裡《うち》には、はち切れそうなくらい、いろんな話が詰まっております」

「ふんふん」

「話したいのは山々ですが、背中を裂かれて煮《に》え滾《たぎ》る鉛を流しこまれても、こればかりは言えないのですよ」

寄席などでよく聞く大仰な言《い》い廻《まわ》しに一座は沸いたが、信吾としては決して大袈裟《おおげさ》ではなかった。一度、危うくその禁忌を破りかけたことがあっただけに、それ以来、信吾は常におのれを戒めていたのである。

おもしろい話を聞くのがなによりの道楽、趣味だという男から話があったのは昨年の秋であった。講釈とか落語のような作られた話には興味がないとのことで、よろず相談屋のあるじなら変わった相談を受けているだろうから、ということらしい。

信吾はお客さまの相談に関する話には応じられないと断ったが、相談屋のあるじとしては当然だろうと相手は言った。ただおもしろい話を自分で楽しみたいだけだと力説し、絶対に人に洩らすようなことはしないからと、言葉巧みに訊き出そうとする。しかし信吾はその場はなんとか保留にすることができた。

その気になれば連絡しますからということで相手も納得し、初日は取り敢えず切り抜けたのである。なぜなら男にはなんともふしぎな魅力があり、付きあうことができれば楽しいだろうと思ったので、その場かぎりにしたくなかったからだ。

信吾がそれまでに手掛け解決した相談事は、相談屋を開いて一年も経《た》っていなかったので、それほど多くなかったこともある。男が喜びそうな話となると、思い浮かぶのはたった一つであった。

なにも知らぬまま某大名家のお家騒動に巻きこまれ、思ってもいないことが連続して起きたが、結果として信吾がそれを解決してしまったことがある。男が知りたいであろう、なんとも痛快な物語であった。

男がだれかに話さないかぎり露見することはあり得ないが、万が一、発覚すれば当然だが出所は信吾となる。藩の内情を若い商人に暴露されて、大名家が黙っているとは考えられない。場合によっては、お家取り潰しとなりかねない一大事だからである。

もちろん話す以上は人名や地名だけでなく、設定を変えることになるが、いくらそうしてもわかってしまうだろう。

迷いに迷った末に信吾は男が喜びそうな、いかにもそれらしい話を創ることにした。

信吾は戯作をそこそこ読んでいたし、落語や講釈を聞くのが好きである。相談屋と将棋会所を開いてからは時間が作れないが、以前は竹馬の友ならぬ竹輪の友に誘われて、よく歌舞伎を観《み》に行ったものであった。

だがおもしろい話、変わった話が聞きたいという男向けの物語が、簡単に作れる訳がない。四苦八苦の末に捻《ひね》り出すのに、ひと月も掛かってしまった。

こんな話である。

信吾は相談屋ではなく将棋会所の客から、知りあいの商家の番頭の悩みを解決してやりたいと話し掛けられた。

隣りあった町によく似た規模の太物商が二軒あったが、あるじ同士は若いころから犬猿の仲であった。

片方が値引き売りを始めると、負けじともう一方も安売りをした上に粗品を付ける。であれば、という具合で競争は次第に苛烈になるばかりだ。

客は喜んだが奉公人は堪《たま》ったものでない。やたらと忙しくなるばかりで、利益に繋《つな》がらないからである。それればかりか、このままでは共倒れしかねなかった。

顔色を失ったのは、ほどなく暖簾分けしてもらえることになっていた番頭である。こんなことを続けていたら、自分の見世を持つという夢は潰《つい》えてしまう。

将棋客から番頭を紹介してもらった信吾は、両家の事情を聞いたがどうにも手の施しようがない。考えに考え抜いた信吾は、敵対している両家の息子と娘をいっしょにさせるしか解決の道はないと結論した。

そこで相手方の番頭も巻きこんで、綱渡りとしか思えない作戦を強行したのである。信吾の目論見《もくろみ》どおり事は運んで二人は結婚に漕《こ》ぎ付け、これによって両家は和解に至った。

男は信吾の話を気に入ったが、特に番頭を巻きこんでの駆け引き部分をおもしろがった。そして信吾に謝礼の包みを渡したのである。

別れに際して信吾はだれにも話さないようにと、くどいほど念を押した。

「約束いたします。どんなことがあろうと、決して他人《ひと》には話しません」

男はきっぱりとそう言ったが、それっきり連絡は途絶えた。

しかしどうしようもない。なぜなら信吾は男の名前だけでなく、住まいや、商い、屋号など、なに一つとして知らなかったからである。なぜそういうことが起きるのかというと、名前などを明かさないことを条件に相談する客が多いからだ。

男の場合はさらに特殊であった。伝言箱への投げ文で指定された両国稲荷に信吾が出向くと、待っていたのは代理人で、柳橋の料理屋に連れて行かれて本人に会ったのである。

以後、なにかあれば男はだれかに命じて伝言箱に紙片を入れ、信吾は料理屋の女将《おかみ》に繋いでもらうようにしていた。相談屋の仕事はそれでも差し障りがなかったからだが、さすがに迂闊《うかつ》であった。女将に頼んでも教えてくれるとは思えないし、連絡するように伝えておきますと言われるのが関の山だろう。

三

半年近く経った今年の三月、担ぎの貸本屋の啓さんが信吾好みの本だと言いながら、一冊の戯作本を差し出した。寸瑕亭押夢《すんかていおしむ》の『花江戸後日同舟《はなのおえどのちはのりあい》』であったが、その内容に信吾は愕然《がくぜん》となった。

人名、地名、屋号などは変えてあっても、信吾が話好きの男に語ったままであったからだ。太物商を呉服商としてあるが、木綿が絹になってもおなじ織物であることは変わらない。

苦笑するしかなかったのは、狂言廻し的な役の将棋会所の席亭を、碁会所の席亭と変えてあることだ。しかも挿絵の席亭の顔は、信吾にそっくりであった。

男は戯作を書くために、風変わりな話を探していたのである。とはいうものの、いくらなんでも露骨すぎやしないか。

腹は立たなかったが、信吾は自分の幼稚さをまざまざと見せ付けられた思いがした。

それにしても、よくぞ話を創りあげたものである。信吾は最初、大名家のお家騒動に巻きこまれた体験を、人名や設定を変えて話そうと迷ったことがあったのだ。

話せば寸瑕亭押夢は、それを元に戯作を書いたはずである。作品が刊行されれば、いかに細部を変えてあっても、信吾が戯作者に話したことは一目瞭然であった。となればそのままですむ訳がない。

信吾は『花江戸後日同舟』の奥付けを見て、頭に叩《たた》きこんだ住所に板元を訪ねた。本の感想を述べるとあるじは喜んだが、戯作者の住まいを聞いても頑として応じない。

たまにだが、作者に迷惑を掛ける読者がいるかららしい。名前と住まいを教えてくれれば、板元から作者に連絡するの一点張りであった。

仕方なく紙片に書き入れると、それを見たあるじは、「よろず相談屋の信吾さんでしたら、作者先生から預かっているものがあります」と、二つ折りにして糊付《のりづ》けした半紙を渡した。押夢から信吾宛で、次のように書かれていた。

「約束を守り、あのことはだれにも、ひと言も話していません。しかし本に書きました。わたしは戯作者ですので悪《あ》しからず」

相手のほうが一枚も二枚も役者が上だった、ということである。たしかに話していないのだから約束を守ったと言いたいのだろうが、書いて本にしたのだから遥《はる》かに悪い。

それなのに、「悪しからず」はないだろう。

しかしここまで徹していると腹は立たず、奇妙なことに爽快ですらあった。

信吾は猛烈に押夢に会いたくなったが、しかしそれはできない。相手の住まいを知らないからである。

信吾は自分の間抜けぶりを呪うしかなかったが、それを見越したように数日後、伝言箱に寸瑕亭押夢からの紙片が入っていた。そして柳橋の料理屋で会ったのだが、さらなる驚きが待っていたのである。

押夢は信吾が話したのが、まったくの創り話であることを見抜いていたのだ。信吾が語ったような商売敵同士の息子と娘が結婚したとなれば、少なくとも話題になるはずであった。瓦版が取りあげたかもしれないのだ。

ところがそんな噂《うわさ》は浅草界隈だけでなく、上野や下谷、柳橋、神田、両国、日本橋、さらには本所《ほんじょ》、深川《ふかがわ》辺りにもなかった。となれば瓦版に載るはずがない。火のない所に煙が立つ訳がないからだ。

男は四十歳で息子に商売を任せて隠居し、隠居手当で暮らしていると言っていた。どうやら、戯作者になりたくてそうしたらしい。そういう男であれば、岡っ引や下っ引に親しくしている者がいて、小遣いを与えて調べさせたのかもしれなかった。

まったくの信吾の創り話だと確信したので、戯作化したのだと寸瑕亭押夢は言った。

それればかりでない。あれだけの話を考える力があるなら、戯作を書いたらどうだと信吾に勧めたのである。

信吾は兜《かぶと》を脱ぐしかなかった。

その『花江戸後日同舟』が出てからほぼ二ヶ月になる。捉えどころがないのにどこか懐かしさを感じさせる、話題が豊富な寸瑕亭押夢に、信吾は久し振りに会いたくなった。とすればなにか手土産、つまりおもしろい話を用意しなければならない、と思うのである。といって、二度と話を拵《こしら》える苦労はしたくない。

はて、どうすればいいだろうと思ったが、それは一時的に横に置かねばならなかった。座敷中の人々が、信吾の話の続きを待っているからだ。

話をもどすと、某大名家の御家《おいえ》騒動の内実を寸瑕亭押夢に話す直前に、信吾はなんとか押《お》し止《とど》まったのである。「背中を裂かれて煮え滾る鉛を流しこまれても、これればかりは言えないのですよ」は、本人にすれば決して大袈裟ではなかったのだ。

「お客さまの秘密を明かした途端に、てまえは相談屋を廃業しなければなりません。どんなことがあっても、お客さまの打ち明け話を明かしてはならないのです。父や母に」

そう言うと、全員が一斉に正右衛門と繁を見た。部屋中の人に顔を向けられ、大抵のことでは驚かない二人が、思わず目を円くしたほどであった。

「話してくれなければ親子の縁を切る、とまでは言われませんでしたが、その一歩手前まで行ったことがありましてね」

両親を見ていた目が一瞬で信吾にもどった。

「と申されますと」

「料理屋のあるじと女将ですよ。絶対に洩らすことがないと信用しているからこそ、お客さまは安心して、宮戸屋の座敷ではどんなことだって話せるのです。ですから父と母は、やっていることはちがっていても、料理屋と相談屋は似通っている部分が多く、ある意味で同業に近いと気付いてくれたのではないでしょうか。お蔭で、てまえは縁を切られずにすみました」

「そんなことがあったのですか、正右衛門さん」

言われて父は頭を掻《か》いた。

「なにしろ若輩者のくせに、相談屋などという訳のわからぬ、お江戸広しと言えど聞いたことのない仕事を始めましたからね。どんな人からいかなる相談が持ちこまれるのかと、親としては気が気でならなかったですよ。それでつい訊き出そうとしたのですが、頑固に首を振り続けましてね。もっとも今はちがいますよ。最初のうちだけでした。てまえどもも割り切っておりますので、根掘り葉掘り訊くようなことはいたしません」

「今ではすっかり信頼なさって」

「信頼もなにも、任せるしかありませんからね。ともかく一度も泣き言を言ってきたことがありませんし、いい嫁が来てくれたので仕事の幅も拡がったようでして」

「幅が拡がったと申されますと」

正右衛門が横目で見たので、代わりに信吾が答えた。

「さっきの話にありましたように」と、横に坐《すわ》った波乃をチラリと見た。「子供さんとか娘さん、それに女の人は、てまえよりも家内のほうが話しやすいと思います。二人で相談屋をやれば、より多くの人の悩みを解決できるのではないかと考えまして」

「そうすると、ご夫婦で」

たちまち、べつの男が口を挟む。

「なにを言ってるのですか、あなたは。だから、めおと相談屋に看板を替えたのではありませんか」

「これは失敬」

「となると信吾さんと波乃さんのお二人で、相談に乗られることもあるのですね」

「はい。お客さまに応じて、てまえ一人でとか波乃だけでということもありますが、二人で対応することもあります。つい最近も相談されましたが、てまえどもと同年輩の方でしたので話しやすかったようです。とんでもない難問でしたが、お力になることができて胸を撫《な》でおろすことができました」

「それにしても信吾さんは謙虚ですなあ。うちの倅《せがれ》めに、爪の垢《あか》を煎じて飲ませたいですよ」

「皆さま、お聞きになられたでしょう」と、満足げに言ったのは武蔵屋彦三郎である。

「これこそ、めおと相談屋の、ということは信吾さんと波乃さんの魅力なんですよ。くどいようですが、てまえは自分の年齢の半分にもならない信吾さんと、あることがきっかけで一気に親しくなりましてね。信吾さんと馬鹿話をしながら、アハハアハハと笑っていたのです。そのときカタリと音がして、鍵が鍵穴に嵌まったような気がすると同時に、どうにもならなかった問題の解決策が閃《ひらめ》き、悩みが雲散霧消していたのですから」

武蔵屋の話は、前年の一月十三日に語ったのと変わることはなかったが、披露宴の席ということもあり、一度聞いたことのある者にも、新鮮に感じられたようだ。

「よろず相談屋で始められて、波乃さんと夫婦になってめおと相談屋と名を改められました」と言ったのは、眉に長い白毛が何本も生えた老爺《ろうや》であった。「これで子供が生まれ、おおきくなられたら、親子相談屋とせにゃなりませんな」

なんとも遠大な話なのと、老人の風貌、のんびりとした語り口も相まって、座がひときわ和やかになった。

「ところで信吾さん」と言ったのは、病気の父親の名代《みようだい》で出席した従弟《いとこ》であった。「瓦版に書かれていた護身術ですが」

またそのことか、と信吾はいささかうんざりした。瓦版が出た直後には、何度それについて訊かれたことだろう。

「いや、あれは大袈裟に書かれたものでしてね。瓦版は売らねばならないので、派手に書きますが、わたしが退散させたことになっているならず者は、酔っ払っていたのですよ。刃物を取り落としたくらいですから」

「瓦版の書き手は、見たとおりちゃんと書いている。信吾は相当な遣い手だぞ、と権六親分は言っておりましたよ。岡っ引が太鼓判を捺《お》すくらいだから、信吾さん、本当はすごい武芸者じゃないの」

そう言った男を手で制して、従弟は信吾に言った。

「わたしが知りたいのは、信吾さんが護身術を何歳から始められたのか、ということなのですが」

「瓦版にも出ていましたが、巌哲和尚はご存じですね」

「もちろん。和尚さんのお寺は、わが家の菩提寺《ぼだいじ》ですから」

「わたしが訪ねたとき、和尚は庫裡《くり》の裏手で棒を手に踊っていたのですよ。実際は棒術という護身術の型を繰り返しておられたのですが、子供だからわかりません。棒を使った新しい舞踊、踊りですね。それだと思ったのです。武器を持たぬ者が、刀や鎗《やり》を手にした相手から身を護《まも》る術だとのことでした」

「それは何歳のときですか」

「七歳でした。教えてもらいたかったのですが、体ができていないのでむりだと言われ、九歳から教わっています。柔術とも言われていますが、体術もいっしょに教わりました」

十五歳から剣術、十七歳からは鎖双棍《くさりそうこん》も教えてもらっているが、それについては黙っていた。

「信吾さんはたしか二十一歳ですから、十二年もやっていることになりますね」

「計算したことはありませんでしたが、そうなりますか」

「としますと、そのころから、大人になったら相談屋を開く計画を持っておられたのでしょうか」

思ってもいない問いであった。

「えッ、どういうことでしょう」

「相談屋には、いろんな人が相談に来ると思いますが」

「そうですね。困っている人、悩んでいる人は多いですから」

「どんな人が来るかわからない、ということですよね。腕力で従わせようとしたり、相談料を払わなかったり。場合によっては、身を護らなければならないこともあるでしょう」

「あるかもしれませんね。これまではなかったですが」

「そのときのことを考えて、護身術を身に付けられたのかな、と」

「ちいさなときから相談屋になろうと思って、そのために護身術を習ったとおっしゃるのですか」

「だと思っておりましたけれど」

「自分にはなにができるだろうとあれこれ考えて、相談屋がいいかもしれないと思ったのは十七、八歳でしたか。いや、十九歳になってからかもしれません」

「そうなんですか。ちいさいときから、おおきくなったら相談屋をやろうと決めて、早くから準備していたのかな、と思ったものですから」

「いや、二十歳《はたち》をまえにして迷いに迷ったのですよ。だって一生のことですからね。相談屋を始めようとしたときに、たまたま護身術を身に付けていたということです。溺れた人がいたら助けなければならないからと、そのために泳ぎを習う人はいないでしょう。そういう意味では、いつ、なにが役立つかわからないから、いろいろやっておいたほうがいいのではないでしょうか」

「そうなんだ」

二歳下の従弟だが、そのひと言で一気に年齢にふさわしくなったような気がした。

「信吾さんの話はとてもわかりやすいですが、それは相談屋をやっていて自然と身に付けたものなのですね」

どうやら従弟はやりたいことがありながら、自分にはできないのではないかと、尻込みしているのかもしれなかった。あるいはやりたいことがいくつもあって、どれをやるべきか迷っているのかもしれない。質問の仕方からなんとなくそんな気がした。

もしかしたら相談に来るかもしれないが、そのときにはしっかりと聞いてやらねばならないな、と信吾は思った。もっとも、従弟から相談料を取る訳にはいかないが。

二歳下ということは十九歳だ。

なんだよ。おれの十九のときより、よほどしっかりしてるじゃないか、そう言って肩を叩きたいほどであった。

しかし問われた以上は答えなければならない。本音を言いたいところだが、客たちの環視の中では建前で答えるべきだろう。

「うまく話せる術《すべ》を早く身に付けたいと思うのですが、話を整理するのが下手で、要点をうまく纏《まと》められず、どうしてもむだが多くなってしまいます。要領よくてわかりやすい話し方を身に付けねばならないのが、これからの課題ですね」

話は続いたが、浅草寺の時の鐘が五ツを告げたので、それを潮時にお開きとなった。

四

鯉料理の平石を出て墨堤の左岸を下流へと歩いたが、かなりの人数なので、ときたま擦れちがう人が一体なんだろうと驚くほどであった。通りすぎて振り返ると、まだ突っ立ったまま見ていた。

歩くのが難儀なお年寄りの何人か、ひどく酔った人、そして少し遠くに住んでいる女の人などは、見世で手配した駕籠《かご》で帰ったが、あとはぞろぞろと歩く。飲み喰いしたあとだし、年輩者が多いこともあって歩みは自然とのろくならざるを得ない。

凪《なぎ》の時刻はすぎていたので、風は陸から海に向けて吹いていた。そのためだろうが潮の匂い、水の匂いはほとんど感じられなかった。

「なかなか良い披露目の会でしたが、早く始めて早く終わる宴もいいものですね」

「秋には息子が嫁を取りますので、相手側と相談してみますかな」

「そうなさい。これだと次の日の仕事にも差し障りがありませんから、どなたにも喜ばれるのではないですか」

「なにがいいって、両家の縁者が最初からおなじ席で歓談できるのがすばらしいですよ」

一箇所でなく、何箇所かでそれが話題になっていた。そういう意味でも、型破りな信吾と波乃の披露宴は意味があったということだ。今はまだ遅い時刻から夜を徹してが主流だが、そう遠からぬ日に、瓦版にあったように江戸の祝言は変わるかもしれないな、とそんな気がしてならない。

やがて吾妻橋に掛かり、本所と深川方面の人が挨拶をして帰って行った。

　吾妻橋は民間普請の橋なので、浅草側と本所側の双方に橋番所が設けられていて、庶民からは橋銭《はしせん》を徴収していた。武士は無料である。

　酔っているためもあって声がおおきいからだろう、なにごとかと橋番が番小屋から出て来たほどであった。正吾が先に行って人数を告げ、橋銭を纏めて払う。商人としての自覚ができたせいもあるのだろうが、そういうところはそつがない。

「一体、なにがありましたんで」

「ええ、披露目の式なんですが、始まりを早くしたもので」

「ああ、瓦版にあったあれでやすね」

「ええ、あれなんですよ」

　天眼の書いた瓦版は、かなりの人が読んだらしい。「あれ」だけで話が通じるのだから大したものだ。

「では、たしかにいただきやした。ほんじゃ受け取りを」

「はい。ありがとう。ではみなさま、静かにお渡りください」

　ぞろぞろと橋を渡り始めたが、静かにと言われても、酔いもあってつい声高になってしまう。

　橋を渡り切ると、何人かが北に道を取り花川戸町《はなかわどまち》や聖天町《しょうでんちょう》へと帰って行った。すぐに浅草の広小路で、少し歩いただけで雷門である。

繋が立ち止まって信吾に声を掛けた。

「今晩、泊まっていきなさいよ」

宮戸屋は東仲町なのでその先であった。

「留守をさせてますから」

そう言って信吾は、手にした風呂敷包みを見せた。

将棋会所では常吉が、母屋ではモトが留守番をしているので、土産を詰めてもらったのだ。鯉の刺身は鮮度が落ちるので諦めて、鯉こくと鯉のうま煮だけにした。どちらも汁が垂れるので経木の折ではと思ったが、見世の者が陶器の器に入れてくれた。

「いつ返しに来られるかわかりませんが」

「けっこうでございますよ。それに安物ですのでね。なにしろ宮戸屋さんですから。いらない風呂敷に包みますので、そちらも返していただかなくてかまいません」

とのことであった。父の正右衛門がたまに宴会に利用しているが、おなじ料理屋だからかもしれない。

風呂敷をチラリと見て繁が言った。

「だったらしょうがないけど。この時刻、川沿いの道は止《よ》したほうがいいわよ」

懐に鎖双棍を忍ばせているので、酔っ払いやならず者に絡まれてもなんともないが、母は波乃がいっしょだから気を遣っているのだろう。

雷門のまえに大通りを挟んで並んだ並木町のあいだを抜けて、南に道を取ることになった。三分の一くらいが信吾たちとおなじ方向に帰るので、またしても挨拶が騒々しい。

並木町を抜けるとすぐ駒形町で、河岸近くに駒形堂《こまんどう》が建てられている。通り掛かった浅草の住人は、わざわざ御堂まで行かず街道から拝むのであった。両脚をそろえて両手をあわせるのである。

何人もがいっしょなので、信吾も街道から拝んだが、ぶじに披露目が終わったお礼だけにとどめた。

駒形堂で遊んでいると、道を通る人が自分に手をあわせて拝んで行くのがふしぎでならなかった。まるで神さまになったような妙な気分を味わったことがある。ほんの子供時分の思い出だ。

途中で何人かが右手、通りの西側に道を取った。八間町《はっけんちょう》、福川町《ふくかわちょう》、福富町方面へ帰る人たちだ。

駒形町をすぎれば諏訪町で、信吾と波乃の住まいの黒船町はその次である。二人は人数の減った人たちに礼を述べて、左手へ道を取った。

五ツ半はすぎて四ツ（十時）に近い時刻だろうが、モトは行灯《あんどん》に寄り添うようにして、繕い物をしながら起きていた。

「寝たかもしれんな」

言いながら大黒柱の鈴で報《しら》せると、おそらくは土産を期待していたからだろう、すぐに常吉がやって来た。留守番を労《ねぎら》い、鯉こくとうま煮の器を渡した。当然だがご飯の折も箸も付けられている。

「寝るまえには、食べないほうがいいと思うよ」

「そうですね」

とは言ったものの、常吉が鯉料理を枕元に置いて寝ていられるとは思えなかった。今はそれほどでもないが、半年ほどまえまでは食べることにしか関心がなかったのだ。

「食べてもいいけど、少しにしないと」

念を押したが、「そうですね」と空返辞であった。

「お休みなさい」の挨拶をして帰って行く後ろ姿を見ただけで、どうしたいかがわかる。まるで踊るような足取りであった。

一方のモトは波乃の侍女であり、教育係でもある。それが礼儀でもあるかのように、披露宴がどうであったかを、かなり細かなことまで知りたがった。

信吾にすれば仮祝言が序とすれば、披露目こそ本編でなければならない。つまり、すっかりその気になっていたのである。

知ってか知らでか、いや知っているからこそであろうが、モトはこと細かに波乃に訊くのであった。

「それでは旦那さまに波乃奥さま、お休みなさいませ」

との挨拶を残してモトが下女部屋にさがったときには、すっかりその気は失《う》せていた、と言えば嘘《うそ》になる。

化粧を落とした波乃が蒲団《ふとん》に体を滑りこませたとき、信吾は言った。

「仮祝言の日に、初めて心と体が結ばれたけれど、あれはあくまでも仮であったのだろうね」

しばらく待ったが、言葉は返って来ない。

「今日、たくさんの人のまえで、正式に夫婦になったことが披露された」

ここでもしばらく待つ。やはり反応はなかった。仕方なく繰り返した。

「仮祝言の日に初めて心と体が結ばれたのであれば、披露目の日には改めてというか、ここで正式に心と体が結ばれなければならないのではないだろうか、と愚考致す次第です」

照れ臭くもあって最後は冗談めかしたが、やはり返辞はなかった。

返辞はなかったが、波乃が両腕で信吾に絡まり付いてきた。耳朶《みみたぶ》をくすぐる吐息が熱い。それが返辞であった。

それだけではない。これまでは常に信吾が波乃の体の微妙な変化を導き、ともに悦《よろこ》びを得られるように運んだのである。わずかに調子を変えながら、胸を、乳房を、内腿《うちもも》を繰り返し撫で擦《さす》る。そして肌に舌を這《は》わせた。

　信吾が波乃の快感を呼び起こすために、念入りに反復した波動を、波乃が信吾におずおずと試み始めた。初めはためらいながら、それが信吾の体を急速に変えるのがわかったからだろう、次第に大胆になってゆく。

　あわせるように、自然と信吾の両手が、掌が、指が、唇が、舌が、繰り返してたしかめてきた壺《つぼ》を押さえてゆく。

　波乃は体を震わせ、次第に息が荒くなり、喘《あえ》ぎがおおきくなっていった。信吾が口を塞ぐことがあれば、波乃が思わずというふうに自分で口を掩《おお》うこともあった。注意はしていても、つい呻《うめ》き声が漏れてしまうのである。いけないと思うのだが、それ自体が体の芯、深奥のなにか特別なものを刺激するらしい。

　喘ぎを抑えるために、信吾は波乃の口を自分の口で塞いだ。舌が絡まり、全身を強い痺《しび》れが走る。思わず口を離すと、波乃の体と心が愉悦の声を発した。

　夫婦の寝部屋は奥の六畳間であった。下女部屋がなぜ建物の片隅に離れて作られているのか、信吾は初めてその理由がわかったのである。

　堪《こら》え切れなくなった信吾が手を伸ばしたとき、同時に波乃の手が股間に伸びて細い指がそれを握った。信吾はするがままにさせたが、波乃は脚を開きながら自分で導いてゆく。熱いものを先端が感じた瞬間に、信吾は腰に力を入れた。

「ああッ」と抑えきれぬ声が信吾の耳をくすぐった。

そのあとは、信吾はほとんどなにも憶《おぼ》えていない。心地よい酔いのためだろうか、これまでよりも遥かに刺激が多彩な気がした。蠕動《ぜんどう》に終わりがないように思えたのである。

波乃は花開いた、と信吾は思った。女として開花したのである。

なにがどうなったかは朧気《おぼろげ》であるが、繰り返し睦《むつ》みあったことは体が憶えている。熱い体をそっと離すと腕、腰、腿を密着させ、二人は並んで天井を見あげていた。

行灯の、弱くはあるがものの形を濃淡で明らかに見せる灯影《ほかげ》が、心と体を鎮めてゆく。

「仮祝言はやはり仮祝言でしかなかったね」

「どういうことかしら」

「今になって思うと、ママゴトだった」

「でも、女の子は夢中になるわ」

「波乃は夢中になったのかい」

「だって、女の子ですもの」

「しかしさっきは、とても女の子とは思えなかったよ」

「さっきは、……お披露目でしたから」

「仮祝言とはちがったのだね」

「ママゴトにさえ夢中になるのですもの。だから」

「だから、なあに」

「意地悪な信吾さん」

波乃が言い終わらぬうちに、信吾は唐突な睡魔に襲われた。もしかすると、記憶の抜け落ちる前兆だったのかもしれない。

波乃が声を掛けたとき、嬰児《えいじ》のような安らかな寝息を立てていたのである。信吾の上体を掻巻《かいまき》で覆うと、波乃は行灯の灯を消した。

五

「おりゃ、戯作本などは読まなくなっちまったんだが」

ある日、例によって一人でふらりとやって来た権六が、波乃の出した茶をゆっくりと口に含んでからそう言った。濡縁《ぬれえん》に腰をおろしたということは、ちょっと寄っただけですぐに帰るということだ。

「えッ、なぜでしょう」

権六が戯作本をどうして読まなくなったかというよりも、なぜ唐突にそんな話が出たのかが、信吾には謎であった。

これまで権六が本を読んでいるのを見たことはないし、懐に黄表紙《きびょうし》などを入れていたという記憶もない。戯作本やその作者を、話題にしたこともなかったのである。

それだけに意外であったし、なぜ急にそんな話になったのかと、少しではあるが警戒心が働いた。

「近ごろの戯作ときたら、買わせよう、読ませようという狙いが透け透けで、馬鹿らしくなるというか、腹が立つのよ」

ということは、以前は黄表紙や滑稽本などを、そこそこ読んでいたということになる。

人は見掛けに寄らぬというが、マムシが渾名《あだな》の権六は目がちいさくて左右に離れた顔をしているので、本を読んでいる姿を思い浮かべることが難しい。

「そういうものですかね」

「ところが、久し振りに腹を立てずに読めた本があってな」

ということは、腹立たしくはあっても、まったく読まなくなった訳ではないということだ。

「なんという本でしたか」

訊きはしたものの、あるいは、という気がしなくもなかった。売り出されてまだ二月ほどしか経っていないが、かなり評判になっていたからだ。

権六は岡っ引という仕事柄、絶えず多くの人に会っている。話の流れでその戯作本が話題になったので、読む気になったのかもしれなかった。

「寸瑕亭押夢の『花江戸後日同舟』ってんだがな、そこに知ってるやつが、いや、そっくりなやつが出てんのよ」

やはりそうだった。

波乃が「あらッ」という顔をしたが、権六がそれに気付かぬ訳がない。しかしなにも言わなかった。

発売直後に担ぎの貸本屋の啓さんに薦められて読んだ信吾が、愕然となった問題の戯作である。

その後、柳橋の料理屋で寸瑕亭押夢に会ったとき、お礼として一冊進呈されていた。そのころには心は平穏を取りもどしていたので、経緯《いきさつ》を話した上で波乃にも読ませたのである。

権六は「知ってるやつが」と言ってから、「そっくりなやつが」と言い直した。となると迂闊に受け答えはできないと心を引き締め、信吾は微笑《ほほえ》みながら軽い調子で言った。

「ああ、碁会所の席亭ですね、狂言廻しのような役どころの。あれは信吾じゃないのかって、何人もに声を掛けられましたよ」

変に話を逸《そ》らそうとすると、却《かえ》って不自然に思われるかもしれないと、信吾は自分から話を切り出した。

「やはり読んでおったか。ま、当然だろうがな。なんせ初めて見た名前だから、寸瑕亭押夢って書き手は何者だろうと思ったぜ。その本に出てくるちょっとした役が信吾に似てるとくりゃ、一体《いってえ》どういうことだと思っちまわ」

「あたし、びっくりしちゃいました。だって碁会所と将棋会所のちがいはあっても、席亭さんが信吾さんそっくりなんですもの。挿絵も似てたでしょう。だれかが信吾さんのことを書いたんじゃないかと思ったけど、商売敵同士の息子と娘をむりやりくっつけなければならなかったなんて、そんな相談を受けたことは聞いていませんでしたから」

うっかりしたことは言えないと感じたらしく、波乃がうまく惚《とぼ》けてくれたので、信吾も話をあわせておく。

「散々冷やかされましたが、碁会所と将棋会所の席亭というだけでいっしょにされちゃ、こちらはたまりませんよ」

「挿絵の顔までそっくりとなりゃあ、だれだってどういうことだと思うぜ。もっとも信吾は、あれほどの策士じゃねえがな」

「それにしても寸暇亭押夢ですか、戯作者なんてものは、よくあんな荒唐無稽な話を考えるものですね」

「波乃さんのさっきの言い方じゃ、相談屋の仕事のことはそっくり話してるみてえだが」

「二人でやったほうが多くの人の相談に応じられると思って、めおと相談屋に名前を変えたでしょう。以前のお客さんが、なにかの事情で突然やって来たときに、わかっていないとちゃんと応じられませんからね。波乃が受けた相談も、全部話してもらっています。そこはこうやったほうがよかったんじゃないかとか、話していると、これからの仕事に役立つこともありますから。もっともお客さまの悩みごとは、絶対に他人に話してはなりませんが」

「夫婦はべつだ、ってかい」

「先に言われてしまいましたね」

権六は岡っ引だけあって腹の内を見せないので、いくらか警戒していたのである。

しかし話し方や表情からすれば、『花江戸後日同舟』や寸瑕亭押夢に関してではないようだ。どうも怪しいと思って調べてみたら、押夢に教えたのが信吾らしいとわかって、というようなことかもしれないと思っていたのである。

それに参考にした商家や人物がいる訳でなく、信吾が頭の中で捏《こ》ねあげて創った話であった。寸瑕亭押夢も執筆に当たり調べたが、手本にした事例がなかったので安心して書いたと言っていたのである。

とすれば押夢自身が、かつてなんらかの問題を起こしたことがあったとか、犯罪に関係していたということかもしれない。であれば権六はもう少しちがった接し方、訊き方をするはずだ。

やはり、人に言われて読んだ戯作に登場する人物が、碁会所の席亭だからだろう。挿絵が信吾に似ているのをおもしろがって、ふらりと顔を見せただけと考えていいようだ。

信吾の考えたとおりで、ほどなく権六は将棋会所「駒形」を覗《のぞ》いてから帰ることになった。境の柴折戸《しおりど》を押しながら、こう言ったのである。

「寸瑕亭押夢か。久し振りに味のある書き手が現れた。次の戯作が待ち遠しい、なんて思ったのは何年ぶりになるかな」

押夢さんに会ったら話しておきますよ、きっと喜ぶでしょうと言いたかったが、まさかそんなことを言う訳にいかない。

それにしてもふしぎだと思ったのは、その日、夕刻に柳橋の料理屋で寸瑕亭押夢に会うことになっていたからである。ところがたまたまやって来た権六が、押夢の『花江戸後日同舟』を話題にしたのだ。

なんともふしぎな繋がりだと言うしかないが、押夢と知りあったこと自体が偶然の重なりであった。信吾と押夢を結び付けたのは、「駒形」の家主の甚兵衛の飼猫黒介《くろすけ》である。

黒介は向島の寺島《てらじま》にある豊島屋《としまや》の寮に住み付いた野良猫で、甚兵衛が寮に泊まった翌朝に、出ようとするとその懐に飛びこんだのだった。出そうとしても出ないので、甚兵衛は仕方なく「駒形」まで連れて来た。

「駒形」とその周辺を見て廻った黒介は、信吾に伝言箱の設置を勧めたのである。よろず相談屋に顔を出し辛《づら》い人が、早朝や深夜、また昼間の人がいないときに伝言を入れるかもしれないと言われ、信吾は箱を取り付けた。

さっそくその翌朝、押夢の伝言が入れられていた。『花江戸後日同舟』が世に出るきっかけは、黒介の助言した伝言箱だったのだ。

披露目の宴の席で、信吾は相談相手の秘密を守り通さなければならぬことを、改めて痛感させられた。すると状況次第では足を踏み外しかねなかった押夢との関係を、抜きにして考えることはできない。

当初こそ「してやられた」との思いが強かったものの、実際に接してみるとちがっていた。押夢がそうした背景や、ものごとを遥かに深く考えていることがわかったのである。

押夢は信吾との友情の証《あかし》としてだろう、木彫りの根付を「これがてまえと信吾さんです」と言って、手渡してくれた。

黄楊《つげ》に細工した少しおおきめの根付だが、その図柄がなんとも愉快であった。真剣な顔をした狐《きつね》と狸《たぬき》が、ジャンケンをしているのである。押夢と信吾のどちらかが狐で、もう一方が狸との洒落《しゃれ》だろう。

たまたま見付けて信吾にぴったりなのでお持ちしましたと言ったが、もしかすると根付師に註文《ちゅうもん》して彫らせたのかもしれなかった。

信吾は押夢に紹介したいと思った人物に事情を話し、『花江戸後日同舟』を読んでもらった。ひどくおもしろがったので、その人の都合を確認し、押夢と繋いでもらいたいと柳橋の料理屋の女将に連絡したのである。

そして今夕、久し振りに会うことになっていたのだ。

六

「将棋会所の常連さんで夕七さんです。とてもおもしろい話を聞かせていただきましたので、押夢先生にもぜひと思いましてね。念のため『花江戸後日同舟』は読んでもらっております」

「それはどうも」

押夢は恵比寿顔《えびすがお》を崩さず、終始にこにこと微笑んでいた。その顔を見ただけで期待のおおきさがわかるほどだ。

信吾は「ぜひとも紹介したい人がありますので、時間を作っていただきたいのですが」とだけ書いて、夕七の名前を出さないのは当然として、どんな人物であるかを含め、まるで触れていなかったのである。

なぜなら信吾が見ても異質で変わり者の夕七を、白紙のままで押夢のまえに出したかったからだ。戯作者がこの風変わりな男に接し、聞いた話をどういう形で作品に結実させるかに、特に次の二点に強い興味を抱いていたからである。

まず「子《ね》年の七月七日の七ツ生まれ」と富籤《とみくじ》の「子の七七七番」の、いかにもわざとらしい組みあわせを押夢がどう扱うか。

それ以上に知りたかったのが、夕七の独特のお喋《しゃべ》りにいかなる反応を示すかであった。各地の言葉を、なんの基準らしきものもなしにごった混ぜにした言い廻し。出自を隠すためだに故意にそうしていると信吾が考えたほどの謎めいた言葉遣いを、物書きはどうみるだろうか。

「読ませていただきやした。いんやー、おもしろうて腹ぁ抱えて笑《わろ》うたけんど、どっか似とるようなとこもあってなぁ。だもんで、おもしろみが二重になったような気がしたんではなかろうかねえ」

にこやかな押夢の笑顔が驚きに取って替わったのは、どこの生まれか育ちか判断できぬ言葉のせいだろう。驚いたかと思うと、たちまちにして強張《こわば》ったとまでは言わないが、急激に退いて行くのがわかった。

当然だろう。似ているようなところもあるとの指摘は、戯作者としての独自性を否定されたに等しいからである。夕七の言葉に、今度は信吾の顔が硬くなった。

「夕七さん、似ているとはどういうことでしょう」

信吾は堪らずそう訊いたが、その問いは、押夢の思いをそのまま代弁したということでもあったようだ。

いいと思ったからこそ二人を繋ごうとしたのに、些細《ささい》なことでぶち壊しになっては元も子もない。信吾は焦らざるを得なかった。それを感じたかどうかはわからないが、押夢の笑顔はいつの間にか元にもどっていた。

押夢はやはり器がおおきいと、信吾は感嘆した。普通であれば、とてもわずかな時間で平静にもどれはしないだろう。

「先生のご本を嫁さんに、うちのかかあに読んで聞かせただがね、声に出して読んどるうちに、まるで席亭さん、じゃなかった、信吾さんの話を聞いとるような気がしてならなんだのよ」

「えッ」

思わず信吾は声に出していた。いや押夢も声をあげたのだが、その顔がなんとも複雑になっていたのである。当然だが、信吾は戯作の原案となる自作の話を押夢に話したなどとは、ひと言も夕七に言ってはいない。

二人は顔を見あわせたが、押夢は目を見ただけでそのことを理解したようで、信吾は安堵《あんど》したのであった。

「ま、気のせいだろうけんどね。となるっちゅうと書かれとることのおもしろさに、信吾さんの語り口が重なるような気がしてぇ、おもしろみが二重、二倍になったんでねえかねえ」

そういうことだったのかと、いくらかではあるが信吾は気が楽になったのである。

夕七が奇妙な感覚を持ち、ある面で勘が異様に鋭いことを信吾は感じてはいた。しかし押夢の書いた本を妻に向かって朗読しただけで、信吾の話し方と似通っていると感得したとなると、これはとても人業《ひとわざ》とは考えられないのである。

「いや、愉快になってまいりました。なるほどそういうことですか」と、押夢はどうやら納得したようである。「信吾さんのお便りには、ある人を紹介したいとだけしかありませんでしたのでね。紹介してくれるというのに、まるっきり人にも話にも触れていないのですよ。まあ、並ではないだろうと思ってはおったのですが、どうやら期待を遥かに上廻りそうですな」

押夢の言葉を聞いて、信吾は実のところホッとした。であれば、変なことにならぬうちに進めたい。

「夕七さん、わたしと波乃に話してくれた、七絡みのあの話をぜひ押夢先生に」

「おっと、信吾さん。先生はよしてくださいよ。夕七さん、信吾さん、それに押夢でいきましょう。上も下もありません。おもしろい話が好き、楽しい話を聞きたいという仲間なのですから」

「わかりました。それでは夕七さん、例の話を押夢さんに話してあげてください。それから先に申しておかねばなりませんが、場合によっては押夢さんが本に書かれることがあるかもしれませんが、よろしいでしょうか」

「いやぁ、それは名誉なこってす。わしらなんぞの田夫野人の、法螺《ほら》としか思えん話を本に書いてくれるとなりゃ」

「おっと、決まった訳ではありませんよ。場合によっては、と言いましたでしょう。その辺りはお汲《く》み置きくださいね、夕七さん。あくまでも、書いてくれるかもしれないということですから」

「信吾さんも、案外と狡《ずる》いなあ」

「狡い。わたしがですか」

「でねえか。そう言われれば、こっちとすりゃ火事場の馬鹿力を出すしかねえもんな」

「これはいい。お二人の遣《や》り取《と》りを聞いているだけで、なんだかとんでもないお話が聞けそうな気がしてまいりましたよ」

「実はね、押夢さん。このまえ夕七さんのお話を聞いたあとで、波乃が、まだ話してなかったかもしれませんけれど、てまえの家内なんですが、その波乃がこう申しました。『なんだか本当にあったというより、夕七さんがお作りになったのではないかと思ったくらい』とね。それだけ、思いも掛けなかったということだと思いますが」

「であれば、ともかく聞かせていただきましょうか」

押夢に言われて夕七は語り始めた。

二度目だからというのではないだろうが、信吾にはおなじ話でありながら、一度目とはかなり印象がちがって感じられた。まず波乃といっしょに耳にした話を改めて聞き直してみると、あまりにも単純なことに驚かずにいられなかった。

夕七が数字の七に付き纏われるようになったのは、七色唐辛子売りの売り声を耳にしたのがきっかけである。内藤新宿《ないとうしんじゅく》の「八ツ房」の売り子の姿は、浅草でもよく見掛ける。売り子は六尺（約一八〇センチメートル）ほどもある張り子の、真っ赤な唐辛子を斜めに背負っていた。筒袖の着物に鯉口の袢纏《はんてん》と腹掛け、赤手拭を頭に巻いて、股引《ももひき》も赤いという赤ずくめであった。

「とんとん唐辛子、ヒリリと辛いは山椒《さんしょ》の粉《こ》、スハスハ辛いは胡椒《こしょう》の粉、罌粟《けし》の粉、胡《ご》麻《ま》の粉、陳皮《ちんぴ》の粉、とんとん唐辛子」

話を聞いていた波乃が思わず口吟《くちずさ》んだ売り子の文句を、夕七は押夢への話の中で使った。もっとも大抵の人は暗唱できるはずなので、一概に波乃を真似《まね》したとは言えないだろう。

背丈よりもおおきな唐辛子、真っ赤な身装《なり》を見、小気味のいい売り声が耳に飛びこんだ途端に、七という数字が夕七に纏わり付くようになった。絶え間なく目と耳に飛びこんでくるのを、防ぐことができなくなったのである。看板の文字や話し声で七に関するものが目に映じ、耳に雪崩《なだ》れこんでくるのだ。

ともかくどこにいてもなにをしていても、一日中、七が纏わり付いてくるのだから堪らない。

あるいはこれは自分の生まれのせいではないかと、夕七は考えざるを得ない。

夕七は七月七日の七ツ、それも夜明けまえの七ツではなくて、まだ明るい夕刻の七ツに生まれた。七月七日の生まれなので父親は七夕《たなばた》と名付けたかったらしいが、年頃になればからかわれそうなので、ひっくり返して夕七にしたらしい。

なにしろ七月七日夕刻七ツの生まれなのだから、逆にしても誂《あつら》えたとしか思えない、ぴったりの命名である。

ある日、夕七はなぜかくも七に付き纏われるのか、まるで七の海に溺れるようになってしまったのかを思い知らされた。自分を探していた元《げん》さんに、ばったり出会ってわかったのだ。

「夕七つぁんはたしか、七月七日の七ツ生まれだったよな」

七を三つ、名前を入れると四つも並べられてギクリとなった夕七に、元さんは追い撃ちを掛けた。

「しかも子年のはずだ」

夕七にとんでもない金儲《かねもう》けをさせてやろうと思って、探し廻っていたという。

元さんは小遣い稼ぎに富籤売りをしていた。丁度椙森《すぎのもり》神社の富籤を扱っているが、元さんが籤の元締めから仕入れた中に、まさに夕七のためにと言うしかない番号があったという。

「子の七七七番でな、夕七つぁんは子年の七月七日の七ツ生まれ。一番富の千両が、約束されたようなもんじゃねえか」

あまりにもできすぎだと思ったが、元さんの話を聞いているうちに、夕七も次第にそんな気がしてきた。だからこそ二六時中、かくも七に付き纏われ続けたのである。となればまさにおれのための籤ではないか、と思うようになったのだ。

籤の値を訊くと二朱だそうだ。

四朱で一分、四分で一両だから、二朱は一両の八分の一。一両の相場は六千五百文なので、二朱は八百十文ほどになる。

家は今戸焼《いまどやき》の瓦の窯元だが、夕七は婿養子で女房は十九歳であった。四十三歳とまだ若い義父に、財布の紐《ひも》を握られている。将棋会所「駒形」の席料を払うくらいの小遣いしか、夕七には自由にならないのである。

元さんに少し待ってくれないかと頼んだが、持ち出しになってはかなわないので、買い手がいたら売るので恨まないでくれよと念を押された。

二朱で千両が当たるのに、買わない馬鹿はいないだろう。

夕七がなんとか二朱を用意して元さんのもとに駆け付けたとき、一足ちがいで売れたばかりであった。万事休すである。

奇妙なのは籤が人に売れたと聞いた途端、あれだけ執拗《しつよう》に付き纏っていた七が嘘のように夕七から離れてしまったのである。自分からツキが去ったことをかくもはっきりと見せ付けられ、夕七は全身の力が抜け切ったように感じずにいられなかった。すぐに買えばよかったのに、わずかに躊躇《ちゅうちょ》したばかりに千載一遇の好機を逸してしまったのだ。

「いや、おもしろいですな。なんともまあ、いやはや。ところで籤はどうなりました」

聞き終えた寸瑕亭押夢は、当然だろうが結果を訊いた。

「ほれが、なんちゅうことでっしゃろ」

仕事の都合で出られなかった夕七は、遅くなって椙森神社に駆け付けた。ところが境内に貼りだされた紙に、一番はおろか最後まで見ても子の七七七番はなかったのである。

夕七が買って一番富なら、元さんが買っても千両が当たる理屈である。だが元さんは買わなかった。それに気付いたのは、七に付き纏われなくなってからのことだ。

「なんとも残念と申しますか、二朱の損をせずにすんでよかったと言えばいいのでしょうか、いやはや……」

「あっしが買っておりゃ、子の七七七番は一番を引き当てていたんです」

夕七は信吾と波乃にその話をした帰りにつぶやいたのと、まったくおなじ台詞《せりふ》を繰り返した。押夢の瞳の中で一瞬揺らめくものがあったが、すぐに鎮まった。

「さもあらん、ということですな」

押夢がなんとも複雑かつ微妙な表情でそう言ったが、あとは雑談をしながらの飲み喰いとなった。

聞き直した信吾の印象は、波乃といっしょに聞いたときとは随分とちがっていた。それに本筋があまりにも単純なのに、改めて意外な気がしたのである。

初めて聞いたときには、思いもしないというか、考えることもできなかった内容に、ただただ驚かされたのであった。それと、あとになって気付いたのだが、夕七の語り口、話の運びの巧みさに引きこまれていたのだ。

あのときはなんともわくわくし、次がどうなるか期待せずにいられなかったのである。聞きながら次はこうなるのではないだろうかと思っていると、かならず期待していたようになるのだが、それだけに終わらなかった。

良い意味で期待を裏切られたのだ。

聞き手を満足させながら、夕七は一段か二段高いところ、あるいは数歩先に聞き手を連れて行く。何十段の高み、何百歩も先ではないのだ。すぐそこ、である。ゆえに聞き手は思ったとおりだと満足しつつ、おやっ、そうなるのか、してやられたという部分もあるので、うれしく感じるのかもしれない。

夕七の話し方は絶妙と言うしかなかったが、それだけではない。

波乃と聞いたときには、本筋に入るまえに雑談という導入部があった。夕七の一方的なお喋りでなく、信吾との掛けあいもあれば、波乃が加わることもあった。しかも脇道、横道に迷いこむことがたびたびだったのである。

酒の話に飛ぶかと思うと、言葉の霊力、言霊についての言及もあった。言葉には人を支配し人の行動を左右する力があるのかとか、実際に力を持つのは言葉か人か、などと話は自在に移ったのである。

それが天の声絡みで、御厩《おんまや》の渡し船で完太が馬に小便を掛けられたことから始まった川柳のあれこれ、さらに言葉の言い換えや忌み言葉にも話は飛んだ。

印象の良い数字と悪い数字、質屋の上客の話など、そんなあれこれがあってから、ようやく本題に入ったのである。

もちろん寸瑕亭押夢に話したとき、夕七は自分の生まれ月日と富籤の関係だけを話した訳ではない。信吾や波乃と遣り取りした内容などもうまく取りこんでいた。

信吾が巌哲和尚から聞いた十悪と十善などにも触れたし、言霊の話なども取り入れている。御厩の渡し船で完太が馬に小便を掛けられた逸話については、自分の見聞ではなく知人の話として紹介していた。

信吾はその折、「さあことだ」で始まる川柳をいくつか引用した。「さあことだ馬の小《しょん》便《べん》渡し船」が、その逸話そのものだったからであった。

ほかにも「さあことだ床屋のあるじ気がちがい」「さあことだ下女鉢巻を腹に締め」などがあるが、その中で信吾は「さあことだ下女スバシリが抜けぬなり」をはずして話した。なぜなら、いわゆるバレ句なので、波乃のまえでは夕七に話す訳にいかなかったからである。

スバシリはボラの幼魚時代の名で、出世魚として知られるボラの名は次のように変わる。

一寸（約三センチメートル）以下がキララゴ、一寸から三寸（約一〇センチメートル）をオボコ、三寸から六寸（約一八センチメートル）をスバシリ、六寸から十寸（約三〇センチメートル）をイナ、十寸以上をボラと言う。

スバシリは普通の扁平《へんぺい》な魚とちがって、断面は円か楕円《だえん》に近く、頭から尾鰭《おびれ》の近くまでほぼおなじ太さなのだ。そのため五寸（約一五センチメートル）ほどのスバシリは、実に具合がいいらしい。

下女がスバシリを使って自分を慰めていたところ、奥さまに呼ばれてしまった。あわてて抜こうとしたが、抜くに抜けず、あわてふためくさまを詠んだ句、だとのことである。

信吾は波乃がいるのでわざとはずしたのだが、夕七は話していないスバシリの川柳を引用していた。夕七の話に魅力があるのは、自分がおもしろいと思ったことを、どんどん取り入れて話を膨らませていく努力を怠らないからかもしれない。

そのため名前の「七」絡みと富籤の「子の七七七番」にまつわる話の筋は短くても、夕七が押夢に話した内容はそこそこの分量となった。

七

寸瑕亭押夢と料理屋の女将に見送られた信吾と夕七は、第六天社の横を抜けて大通り、いわゆる日光街道に出た。この道を北へ真《ま》っ直《す》ぐ進み、俗に天王橋《てんのうばし》と呼ばれる鳥越橋《とりごえばし》を渡る。そのまま進んで御蔵まえをすぎると、ほどなく信吾の住む黒船町であった。

「夕七さんは、スバシリの川柳をよくご存じでしたね」

信吾がそう話し掛けたのは、日光街道に出て北へと歩き出してからである。

夕七は即答せず、十歩ほども歩いてから答えた。信吾は夕七が含み笑いをしたような気がした。

「信吾さんはわざと抜かしたみてえだな」

「と申されますと」

「川柳をやっとる知りあいがおりやしてね。さあことだ馬の小便渡し船、の話をしたんでさ。お友達の」

「完太ですね」

「そうそう。そのお人が御厩の渡し船で、馬にたっぷりと引っ掛けられたことをだがね。そりゃ滑稽だと笑ったあとで、『そらことだ』で始まる川柳にはほかにもいろいろなのがあると教えてくれたたっちゅうこってすよ。中でも一等おもしろかったんが、スバシリでやんした。ところが信吾さんの話には出なんだ。ははん、と思うたんだがね、ははんと」

「ははんと。で、思い当たりましたか」

「もろうたばかりの嫁さんがおるっちゅうのに、人前であげな川柳を出す訳にゃいかんもんねえ。もっとも二人だけになりゃ、ほれこそ話はべつだろうがね。こまごまと、ほれ、なんちゅうたかね、ビになんとか」

「微に入り細を穿《うが》つ、ですか。非常に細かいところまでゆき届く、という」

「ほれほれ、ほのこってす。信吾さんは寝間で、スバシリの代わりにべつのもんを使《つこ》うて念入りに、たっぷりと、細けえところまんでゆき届かせてよ」

ところどころに商家の軒行灯が灯《とも》されているくらいなので、暗くて表情はほとんどわからない。しかし、どことなく上擦ったような声の調子から、緩み切った顔になっているだろうことが感じられた。夕七と話していて、これまでも猥《わい》雑《ざつ》な方向に話が流れそうになることがあったが、なんとか一歩手前でいられたのである。

しかし暗くて、二人切り、適度な酔い、戯作者に話したことから夕七は高揚していたにちがいない。もしかすると辛うじて踏み止まっていた一線を、越えそうになっていたのかもしれなかった。

調子をあわせていると歯止めが利かなくなってしまいそうなので、信吾としてはそれとなく躱《かわ》したかった。

「どうやら夕七さんは、細かなところまでゆき届かせたようですね」

「こりゃいけん、とんだ藪蛇《やぶへび》だったわい」

「川柳をやっている知りあいがいるそうですが、夕七さんはなさらないんですか。なんだか夕七さんこそ、川柳向き、いや、まさに川柳そのもの、川柳の権化、でなければ化身だという気がしないでもないですが」

「信吾さんは少々言いすぎだけんど、知りあいにおんなじように言われやしたよ。言われ、おだてられ、ほんならとやってみたんだけんど、まるっきり不向きだと思い知らされやした。あんたほど、川柳と反りのあわぬ者《もん》はいねえと」

「反りがあいませんか」

「まじめだから、うんにゃ、まじめならまだええが、夕七つぁんはまじめすぎる。川柳は世の中を斜めに見て、偉ぶっとる連中を鼻先でからかい、周りにおる連中に鏡を突き付けて、ここに映っとる猿みたいなんがおめえだぞと気付かせ、馬鹿なやつらを笑い飛ばして、それをおもしろがって得意になっとる者を虚仮にする。まともにぶつかりゃかなう訳がねえのを知っとるやつらが、それを覚《さと》られぬために居直るのが川柳だからな。根のまじめな夕七つぁんに、川柳ほどあわねえもんはねえ、と言われやんしたよ」

根のまじめな夕七のところでは、辛うじて噴き出さずにすんだのである。聞けば聞くほど川柳は夕七にぴったりだと思いはしたものの、まさか口にもできない。

「あっしほどまじめで真っ正直、一本気な男は、やっぱ、将棋向きってこったろうね」

「おッ」とあまりにも意外だったので、思わず声に出してしまった。「そこに繋がりましたか。まったく不意を衝《つ》かれましたよ。まじめで真っ正直だから将棋向きですか。書き出して『駒形』の壁に貼っておきたいですね。それにしても、夕七さんの話はどこに行き着くか見当もつかないので、楽しいですよ」

「信吾さんがおもしろがってくれるんはええが、押夢先生はどうかね。あっしの話をおもしろがってくれたろうか、うんにゃ、わかってくれたかどうか」

「いや、随分と笑っておられましたし、楽しそうに見受けましたがね」

「本に書こうっちゅう気に、なってくれただろかいね」

夕七の一番の気懸かりは、やはりそれなんだろうなと思う。だが真剣な顔になって、当然、真剣に考えているからこそなのであろうが、それでも各地の言葉をごちゃ混ぜにしたような、妙な話し方は変わることがなかったのである。

「さあ、どうでしょう。ご自分なりに決める基準といいますか、なにを本にしてなにをしないという決まりのようなものが、押夢さんにはあると思うのですが」

「ところでお訊きしやすが、信吾さんは押夢先生とどういうことで知りあわれただね」

迂闊なことは言えない。おもしろい話はないかと探している押夢に、柳橋の料理屋に呼ばれたなどと言う訳にいかないのである。

『花江戸後日同舟』には将棋会所ならぬ碁会所の席亭が登場し、しかも挿絵が信吾にそっくりであった。夕七は異様な勘の鋭さを秘めているのだから、たちまち本と信吾を結び付けてしまうだろう。

そうでなくても、かみさんに朗読して聞かせたら、まるで信吾の語り口のようだと言っていたではないか。あるいはとっくに気付いていながら、気付かぬ振りを装い、口にしないだけかもしれなかった。

「あまりにもおもしろかったので、本を出している所を訪ねたんですよ。書き手の押夢さんを紹介してもらえたら、なんだか楽しい話が聞けそうな気がしましたのでね」

「そこが信吾さんのすっげえところだあな。あっしなんざ、気後れして、とてもそげな大それたことはできやせんですよ」

「それで、先ほどの料理屋で飲みながら話したのですが」

「それはええとして、あの二人は、ありゃ、まちがいのうできとりますな」

二人とは押夢と女将であった。何度か会っただけだが、実は信吾もそんな気はしていたのである。

ところが夕七は、今日初めて顔をあわせただけであった。それも、女将は出迎え、仲居といっしょに酒肴《しゅこう》を運び、押夢とともに見送っただけである。話どころかうなずいたくらいで、夕七は満足に挨拶も交わしていないのだ。でありながら、まちがいなくできていると断言したのである。やはり夕七は鋭い勘、並外れた嗅覚の持ち主と言うべきだろう。

「まあ、ねえとは思うけんど」

「いや、そうとも言い切れんでしょう」

「でしょうが、もしも本に書いてくれるとしたら、どんなふうに報せてくれるのだろうかね」

冷や汗ものだ。押夢と女将のことだとばかり思っていたら、夕七は押夢があの話を本にするかどうかについて言ったのである。

「押夢さんには、将棋会所の常連さんだと夕七さんを紹介しました。なにかあれば『駒形』の伝言箱に連絡してくれると思いますよ」

「そうゆうこっだね。ま、当てにせんと待つとしやしょう」

と言うからには、相当に期待しているのだろう。

取り留めない話をしているうちに、諏訪町の木戸が目のまえに迫っていた。信吾の住まいは黒船町と諏訪町の境を右に折れて、大川に突き当たる辺りにある。

「いかがです、夕七さん。ちょっと寄って、軽く飲み直しませんか」

「そうしてえところだけんど、急がにゃ木戸が閉められてしまうでね。この辺が、婿養子の辛いところでやんすよ。小糠《こぬか》三合持ったら婿に行くな、とはよう言うたもんですな」

「お嫁さん、十九だと伺いましたが。可愛《かわい》くてならないのでしょう」

「そういうことで言やあ、波乃さんは十八でっしょうが。邪魔ぁしたくねえもんな」

夕七は手をあげると頭の上でひらひらと振って、踵《きびす》を返すなり足早に去った。

八

「夕七さんはお帰りになったのですね」

信吾の背後にだれもいないので、迎えに出た波乃はそう言った。

「少し飲んでいかないかと誘ったけれど、嫁さんが寂しがってるからって、逃げるように帰ってしまった」

言いながら信吾が表座敷の八畳間に移ると、従いながら波乃が訊いた。

「お茶がよろしいかしら」

訊きながら、脱いだ羽織と袴《はかま》を受け取って素早く畳む。

「酒をもらおうか。いや、気分が悪いので飲み直すというのではないのだ。ちょっと思い付いたことがあったのでね」

「夕七さんがお寄りになられるかなと思ったので、湯を沸かしておきましたから、燗《かん》はすぐ付きます」

「波乃も飲むだろう」

「あらまたいへん、あたしを酔わせてどうなさるおつもりなの」

「飲み屋の女のようなことを言わないでおくれ、若奥さま」

「飲み屋の女の人は、そんなふうに誘うのですか。ちーっとも知りませんでした」

「わたしだって知りませんよ。誘ったかどうかもね。戯作本にあった台詞なので憶えていただけです」

「モトは先に寝かせました。遅くなりそうでしたから」

「その台詞も、戯作本で読んだような気がするな」

言ったときには波乃はお勝手に消えていたので、聞こえたかどうかはわからない。

さほど間を置くことなく、銚子と盃を載せた網代《あじろ》の塗り盆を手に波乃がもどって来た。

「戯作本って、とても便利なんですね」

なにを言ったのかと思ったが、お勝手に消えるまえに信吾が言ったことへの皮肉だとわかった。ちゃんと聞こえていたのだ。

「飲むまえに、寝間の用意をしておいてくれないか」

「あら、だって」

「勘ちがいしてはいけない。このまえのように、コトリと眠ってしまうかもしれないから言ったんだよ」

さすがに気恥ずかしかったのだろう、波乃は顔を赤らめると、ちいさな声で言った。

「遅くなられると思いましたので、すぐ休んでいただけるように用意はしてございます」

「だったら、安心して飲めるということだ」

酌をしながら波乃が訊いた。

「いかがでしたか。お二人には楽しんでいただけたのかしら」

「夕七さんは物書きの先生をまえにして、最初は硬くなっていたようだけど、ああいう人だからね。まるでどこの生まれだか育ちだかわからない、例のごちゃ混ぜ言葉で押夢先生を煙《けむ》に巻きながら、いつの間にか夕七節になっていましたよ」

「あの名調子が聞けたのですね。あたしも聞きたかったな」

信吾は夕七が、自分たちとの遣り取りでおもしろいと思った部分を、かれの話に巧みに取り入れて語ったことを話した。川柳をやっている知りあいに教えてもらって、そこで得た知識が話を豊かに膨らませていたことも、である。

その例として信吾は、「さあことだ」の川柳の中で、夕七がいたため波乃に話さなかった「さあことだ下女スバシリが抜けぬなり」を取りあげた。スバシリが、出世魚と言われるボラの成長期の呼び名であること、キララゴから始まってボラに至るまでの、名前とおおきさや特徴を話したのである。

そして問題の川柳に取り掛かった。波乃は「あら」とか「まあ」などと漏らしながら、口に手の甲を当てたり、顔を赤らめたりしてもじもじし始めた。「やだわ」などと口走りはしても、それが少しも厭《いや》でないことは、瞳の輝きでわかる。

思わず漏らしたであろう吐息を耳にした信吾は、話を切りあげて蒲団に誘いたくなったほどであった。頰を染めて身を捩《よじ》る波乃の姿態は、なんとも艶《なま》めかしい。

話している夕七も話すこと自体が楽しくてならないのが感じられたが、聞いていた押夢も十分に堪能《たんのう》しているとわかったのである。

「だけど、押夢さんが本に書くかどうかはわからない」

「なぜですの。だって、十分に満足なさったのでしょう」

「聞いて楽しい話を本にすれば、大抵はおもしろくなる。だけどすべてがそうとはかぎらないみたいだ。聞いたときにはおもしろくてならなかったのに、本に書いてしまうとそれほどでないこともあると思う。それにちょっとだけど、気掛かりなこともあってね」

「あら、なにかしら」

「押夢さんの例の戯作」

「『花江戸後日同舟』ですね」

「その元になる話をし終わったとき、わたしは押夢さんにお礼だと言って紙包みを手渡されたんだ。料理とお酒をご馳走《ちそう》になりながら好き勝手に話しただけなのに、いただく訳にまいりませんと断ったよ。遠慮でもなんでもなかった。そんなことで、お金をもらってはいけないと思ったのだ。だけど相談料の名目ということで、むりに収めさせられてね」

「今回はそれがなかったのですか」

「わたしがいたから、押夢さんは夕七さんに渡さなかったのかもしれない。あるいは本が刷りあがったときに渡すことも考えられる」

「でもそれは押夢さんと夕七さん、お二人のことですものね。ところで、信吾さん」

「改まってなんでしょう」

「おもどりになられたときに、ちょっと思い付いたことがあったのでね、とおっしゃったでしょう」

酒を頼んだときつぶやくように漏らしたのだが、波乃はちゃんと憶えていた。

「夕七さんが例の七七七の話をしたのは、わたしと波乃が初めてだったと思うんだ。だからだろうが、ためらいがちというか、どこかおずおずしたようなところがあった。それでもわたしたちは楽しかったし、笑い転げたこともあっただろう。夕七さんは驚いたと思うんだ。自分の話が人を笑わせ、喜ばせることにね」

「楽しかったわ。それにびっくりしました。だって初めて聞いた、考えることもできない話でしたもの」

「だけど夕七さんにすれば、半信半疑だったかもしれない。なぜって、わたしにとって夕七さんは将棋会所の常連さん、つまりお客さんだからね。商売人がお客さんを大切にするのは、当然のことだもの。だからわたしたちの笑いも、夕七さんにすれば割り引かねばと思ったかもしれないのだ」

「そこまでお考えだったなんて、信吾さんは本物の相談屋さんなのね。それに較《くら》べたら、あたしなんて」

「なにを言い出すんだい。それにわたしは、そういうこともあるかもしれないと言っただけだよ」

「だけどあたしは、考えることもできませんでしたもの」

「気にするほどのことではないだろう。いろいろ考えておいて、むだになってもいいと思うんだ。関係ないと思えば、捨てればいいからね」

「ごめんなさい。話の腰を折ったみたいですね」

「謝ることはないよ。波乃は正直すぎるところがあるけど、相談屋にはとても大事なことだと思う。あれこれ考えたり疑ったりすることも必要だけど、常に心の底に正直な気持を持っていなければならない。でないと振り廻されて、本当に見なければならないことを見ないとか、あるいはそれが見えなくて、一番大事なことを見失ってしまう」

「欠点ではないとおっしゃるの」

「欠点どころか長所だよ。正直さは絶対に喪《うしな》ってはならない。それを喪うと目が曇って、物事がぼんやりとしか見えなくなってしまうから」

「安心しました。でも、もう少し大人にならなくてはね」

「押夢さんは、おもしろい話、楽しい話、ふしぎな話、思いもよらぬ話などを、聞いて楽しみたいというお人だ。心底おもしろいと感じたら本に書きたいと思っている。一方の夕七さんにすれば、自分の話を信吾と波乃はおもしろがってくれた。だけどほかの人はどうだろうと、それが知りたくて、話したくてうずうずしていたのだよ」

「うずうずのお二人を、信吾さんが繫げたのですね」

「そう。仲人よろしく取り持ったって訳さ。取り持ち役の繫ぎ役だね。ところで波乃はこのまえ一度聞いただけだけど、夕七さんのおなじ話をわたしは二度聞くことができた。そしてわかったことは、おなじ話がおなじじゃないってことなんだよ」

「おなじ話なのにおなじではないのですか」

「夕七さんは、いいと思うもの、おもしろいと感じたことは、自分の話の中に貪欲に取りこんでいたんだ。ただやたらに取りこむのではない。それをやると、ただ膨れあがって、味の薄いものになってしまうからね。取りこむだけでなく、要らないと思ったら未練なく捨てられる人なんだ。それがあの人の強みだね。だからおなじ話でありながら、ずっと豊かに感じられたと思う。夕七さんは自分の中に篩《ふるい》を持ってるにちがいない」

「篩ですか。物を撰《よ》り分《わ》けるあの篩ですか」

「そうだ、篩だよ。だけど篩に古いも新しいもない」

「大事な話なのに、駄洒落が出てしまいました。やはり家風なんですね」

「聞いていたのが波乃でよかったよ。でなければ信用をなくすところだ。うっかりしていたのだと、温情でもって忘れておくれ」

「あたしには足りないものばかりだけど、温情だけはたっぷりあります」

「夕七さんのいいところの話だったね。夕七さんはわたしの話したことも取り入れていたけれど、なにもかもではない。篩を振ってゴミとか余計な物は取り除く。おおきすぎる物、ちいさすぎる物も取り除く。わたしはね、相談屋もそうすべきだと思ったんだ」

「心の中に篩を持っていて、大切な物とそうでない物を、きっちり撰り分けるということですね」

「そう。相談屋の仕事は困っている人、悩んでいる人、迷っている人から、それらを取り除いてあげることだけど、それだけじゃないと、今日しみじみと思ったんだ」

そう言って信吾は口を噤《つぐ》んだ。自分一人が喋りすぎたという気もあったが、伴侶である波乃がどう感じたかを知りたかったからである。

波乃は目を閉じて口を窄《つぼ》めたが、心の中、頭の中は目まぐるしく回転しているにちがいなかった。

「知りたいという人と知ってもらいたいという人、でありながらお互いのことを知らない。だからあいだにいて、お二人をよくご存じの信吾さんが繋げたということですね。それも相談屋のすべきこと、重要な役目ということでしょう」

「そうなんだ。相談屋の仕事ではないから、お金にはならないけれどね。知りたい人と知ってもらいたい人だけでなくて、いろいろな組みあわせが考えられるはずなんだ。押夢さんと夕七さんを会わせて、話を聞いているうちにそのことに気付いた。だけど、そのまえに、わたしと押夢さんは考えもしなかった偶然で繋げられたんだよ」

「あら、どなたにでしょう」

「大川両岸一帯の顔役と言ってもいいかもしれない。波乃も知ってるはずだ」

言われて懸命に考え始めたが、いくら考えてもわかる訳がないのだ。

「あたしの知ってるお方で顔役ですか。それも大川両岸一帯の」

「お方と言うべきかどうか」

「もしかして、家風の絡みではないでしょうね」

「家風とくりゃあ、おまん。冗談か駄洒落っちゅうことかいね。バレてもーたら、しょうがなかとです。まんず勘の鋭か女子《おなご》でごわすな」

「夕七さんの真似ですか。それにしてはぎこちないですね」

「いやあ、難しい。夕七さんは、よくもあれだけのでたらめを話し続けられるもんだ。しかし、さすが波乃どののだけのことはありますな。実はそのお方はここにもお見えでね」

「えッ、ここにですか」と言うなり、波乃は顔を輝かせた。「となると、黒介しかいませんね」

「さすが、と言いたいところだが、ここまできてわからなければ失格だね」

　信吾は黒介の助言で伝言箱を設置したが、翌朝に紙片を入れた第一号が戯作者寸瑕亭押夢の代理人で、それが『花江戸後日同舟』を巡る騒動の発端となったのである。

「そこから始まって、押夢さんと夕七さんの繋がりができたのだけれど、そもそもは黒介がすべてのお膳立てをしたことになる」

「お庭に黒介大明神の祠《ほこら》を、作らなければなりませんね」

「黒介の功績は伝言箱だけに止まらない。よろず相談屋がめおと相談屋になったのも、黒介の助言によるものだ」

「なんですって」

「仮祝言を挙げて、波乃がここで暮らすようになってほどなく、黒介がやって来たことがあっただろう」

「憶えてますよ。猫なのに堂々として、わが家にいるような顔で座蒲団に坐ってましたもの」

「そう言えば波乃は、黒介さんと敬称付きで呼んでたね。あのとき、黒介は波乃を見に来たんだよ。甚兵衛さんの懐に入れてもらってね」

「あたしを見に、ですって」

「それで、夫婦で相談屋をやったほうがいいって言われたんだ。そのほうが多くの人の相談に乗れるからって」

「猫の助言に従って、めおと相談屋に看板を替えたんですか」

「黒介だけじゃないんだよ。ほとんどおなじ時期に、祖母からも」

「咲江さん」

「親分からも」

「権六親分ですね」

「でも、一番強く思ったのはわたしだ。波乃と夫婦になって、二人で相談屋をやったほうがいいのではないかと考えていたときに、背中を押されるように、黒介からも」

「咲江さんからも、権六親分からも」

「これぞ天の声と思ったのでね。だって、自分がどうしようかと考えていたときに、強烈に後押しされたんだもの」

「呆《あき》れた。呆れ果てました、と普通の女なら言うところでしょうけど」

「けど」

「黒介さんが太鼓判を捺してくれたなら、しかも咲江祖母《おばあ》さまと権六親分の後押しがあれば、鬼に金棒だと思いましょう」

「さっき言ったけれどね」

「一番強く思ったのは信吾さんでしょう。わかっておりますよ」

あとは言わなかったが、褥《しとね》でゆっくりとね、とうるんだ目が語っていた。

九

「押夢さんではありませんか。いかがなさいました」との言葉を、信吾はすんでのことで呑《の》みこんだ。

将棋会所の常連の中には、寸瑕亭押夢の名や『花江戸後日同舟』のことを知っている者がいるかもしれないと思ったからである。押夢は信吾にさえ秘《ひそ》かに接してきたほどなので、できれば個人的なことは知られたくないはずであった。

押夢に軽くうなずくと、席料を受け取ろうと小盆を持って出ようとした常吉を目顔で制した。対局中でも指導中でもなかったので、甚兵衛と常吉に母屋にいると断って日和《ひより》下駄《げた》を突っ掛けたのである。

「近くを通り掛かりましたもので」

挨拶か言い訳かわからぬ曖昧さであった。

「よくぞお越しいただきました」

狭い庭を抜け、柴折戸を押して母屋側の庭に入る。足許《あしもと》を潜《くぐ》り抜けるようにして、波の上が駆けこむとワンとひと声吠《ほ》えた。犬は母屋側には入れないようにしていたのだが、波乃に懐いたので今は自由にさせている。

波の上の鳴き声を聞いたからだろう、波乃が姿を見せ、客に気付いて静かにお辞儀をした。すぐに座蒲団を整え始めたので、沓脱石《くつぬぎいし》から座敷にあがった。

信吾は互いを紹介したが、押夢と波乃は初対面なので、いくらか堅苦しい決まりどおりの挨拶をした。信吾が柳橋の料理屋で馳走になった礼を述べることも、波乃は忘れなかった。

「ちょっと失礼しますよ」

断りを入れて押夢は座蒲団の位置を変えた。波乃は当然のように客の座蒲団を床の間側に、信吾の席をそのまえにしていたのである。押夢は座蒲団を床の間を横にして向きあわせた。

「気を悪くせんでください、波乃さん。信吾さんとは最初から、上下なしに付きあってもらっておりますので」

「さようでしたか。言っていただければすぐに直しましたのに、たいへん失礼いたしました。ではごゆっくりなさってくださいませ」

礼をして辞そうとする波乃に、押夢は声を掛けた。

「波乃さんも、ぜひごいっしょ願いたいのですが」

ちらりと見たのでうなずくと、波乃は信吾の斜めうしろに正座した。

「黒介という猫がおりましてね」

なんの前触れもなく信吾が猫の話を始めたので、大抵のことには驚かぬ波乃も、目を円くしていた。もっとも信吾の位置からは見えない。押夢は満面に笑みを浮かべて、黙って聞いている。

「将棋会所の家の大家は甚兵衛さんと言いまして、商家のご隠居さんですが、その寮が向島の寺島にあります。黒介はそこに居付いた野良猫でしてね。わたしがこの家で波乃と暮らすようになってほどなく、甚兵衛さんが寮に泊まったことがあったそうです。次の日の朝、黒介が甚兵衛さんの懐に飛びこんで、出ようとしなかったそうでしてね。仕方なく将棋会所まで来たのですが」

「黒介は波乃さんの顔を見たかった、おまえもおなじだろう、ということですか。そこまで読まれているとは、思ってもおりませんでしたよ」

破顔一笑してから、押夢は波乃にそのまま笑顔を向けた。

「信吾さんには昨年の秋に初めてお会いして、むりにおもしろい話をねだりましてね。おかげで『花江戸後日同舟』を出すことができたのですが」

「読ませていただきました。おもしろくて、笑い転げましたものですから、呆れられてしまいました」

「笑っていただけたのはありがたいですが、呆れられたのは申し訳ないです。もしかして離縁の騒ぎなんぞには」

「まさか。でも、本当に驚かされました」

「碁会所の席亭さんですね。悪意はなかったのですが、成り行きであのようになってしまいまして」

「それにしても、よくあそこまで書けるものですね。あッ、いけない。戯作者の先生に対して失礼なことを申してしまいました。お許しください。悪意はありませんので」

押夢は肩を揺すらせて笑ったが、そこまで楽しそうな顔は信吾も見た記憶がなかった。

「思ったとおり愉快な方だ。実は信吾さんとはその後も何度かお会いしたのですが、どうやら独身のようで、女性《にょしょう》の匂いはまるでしませんでした。ところが先日お会いしましたら、奥さまがいらっしゃるとのことでして」

「隠していた訳ではないのですが、如月《きさらぎ》の下旬にいっしょに」

「改めておめでとうございます」

　祝いを述べられ、信吾と波乃はそろって頭をさげた。二人を均等に見ていた押夢は、その目を波乃に向けた。

「信吾さんはお若いにもかかわらず思慮深くて、相談客の秘密を洩らさずに、しかもわたしの期待を裏切ってはならないという、二つの難問を克服されました。ご自分で話を作られたのですから驚きです。それがあまりにもおもしろく意外だったので、相談された事実をそのままわたしに語ったのかと思いましたよ。ところが調べると、そんな事実はありませんでした。それで安心して本に書けたのです。その信吾さんがいっしょになられたというので、一体どんなお方なのかと思うと、居ても立っても居られなくなりましてね。ともかく顔を見たくてたまらなくなったのですが、まさに黒介とおなじです。我慢できずに、近くを通り掛かったのでなどと、見え透いた理由でお邪魔したという次第です」

「お気の毒さまでした。さぞがっかりされたことでしょうね」

「とんでもない。信吾さんが選ばれただけのお方だと、感心いたしましたよ」と言って、押夢はしみじみと二人を見直した。「まるで絵に描いたような、まさにお似合いのご夫婦ですね」

「祖母に言われました。破鍋《われなべ》に綴蓋《とじぶた》だと」

「祖母さまも愉快なお方のようだ」

「会ってやってください。押夢さんでしたら大喜びしますよ」

「ぜひお会いしたいですが、いっしょにお住まいではないのですね」

「ええ。でもいつでも会えます。宮戸屋の大女将ですから。口の悪いことで有名です。波乃に冗談と駄洒落が家風だと言われましたから、お察しください」

「楽しみが増えました」

「先ほど話しました黒介ですがね、猫の」

言った途端に、信吾はうっかりしていたと軽く後悔した。が、喋った言葉は取り消せない。なるようになると思うしかなかった。

「押夢さんと会うきっかけを作ってくれたのは、黒介なのですよ」

「おや、どういうことでしょう。信吾さんには、わたしのほうから会っていただくようにと伝言を」

「伝言箱に入れられました。その伝言箱を作るよう、助言と申しますか」

「助言できる訳がありませんからなあ」

「将棋会所の入口に掲げた看板は、ご存じでしょうか」

「将棋の駒の中に『駒形』と書かれ」

「その下に『よろず相談屋』の、今は『めおと相談屋』に替えてありますが、黒介がそれを見あげてしきりと訴えるふうな目をするのですよ。なんだろうと思ったのですが」

「気が弱くて相談屋を訪れられないとか」と、波乃が助け船を出した。「夜中や朝早くにしか都合の付かない人が、困るのではないかと訴えていたのですね」

「それでお名前と連絡先をお知らせいただければ、こちらから伺いますと書いた伝言箱を取り付けたのですよ。そしたらその翌朝、押夢さんの、それも念入りに両手を交互に使って書かれた伝言が入っておりました。ですから黒介が、押夢さんとわたしの仲を取り持ってくれたことになります」

「そうしますと、黒介さまさまですね。寺島の寮に居付いたと言われましたが」

「はい。豊島屋さんの寮に」

「わたしは、寺島に足を向けて寝られなくなりましたよ」

なんとか不自然にならずに、ごまかすことができたのである。信吾はうっかり、夫婦で相談屋をやって「めおと相談屋」にしたらいいじゃないかと、黒介に言われたと口にしそうになったのだ。

「わたしたちも、庭に黒介大明神さまの祠を作らなければ、なんて話していたのですよ」

またしても波乃に助けられた。まさに女房大明神である。

「となると、阿吽《あうん》の狛犬像《こまいぬぞう》でなくて、阿吽の招き猫にしなきゃなりませんな」

話は弾んで笑いが絶えなかった。それでなくても笑い上戸の波乃は笑いすぎて涙を零《こぼ》し続け、それを拭く手巾を手放せなかったほどである。

寸瑕亭押夢との縁を切りたくないために、商売敵の息子と娘を夫婦にしてしまおうと、それぞれの見世の番頭などが奮闘する話を、苦労して作った甲斐《かい》があったということだ。これが縁になってまたもや新たな繋がりができるかもしれない、とそんな気がしたのである。

信吾は夕七の七七七の件を、押夢が戯作として書くかどうかについて訊くのを迷っていた。

柳橋の料理屋で押夢に語った翌日からも、夕七はほぼ毎日のように、将棋会所に顔を出していた。今戸焼の瓦の窯元なので、作業の手透きのときだけしか来られない。稀に一日いることもあるが、朝だけとか、午後になってから、ときにはあわただしく一局だけ指して帰ることもあった。

訊きたくてたまらないだろうが、あの件に関しては将棋会所「駒形」とは無関係だと割り切っているのかもしれない。だから信吾も押夢が話すのを待つしかないのだが、紹介した者としては放置しておけないとも思うのであった。

迷い迷った末に、やはり信吾は訊いてしまった。

「ところで押夢さん、夕七さんの例の話ですが」

「あれはおもしろかったですなあ」

「ですが、やはり戯作には難しいですか」

「波乃さんも気付いていらしたようですけれど、夕七さんの作り話ですね」

押夢は断言した。

信吾もその可能性があるとは考えていたが、断言されるとは思っていなかった。書き手にはそれなりの勘とか、物事に対する姿勢、基準というものがあるのかもしれなかった。

「でしたらわたしのも、まったくの作り物でしたが」

「おなじ作り話でも、夕七さんのは短すぎます。と申しますか、単純すぎるのです。詰まるところ、子年の七月七日七ツに生まれた夕七さんが、富籤の子の七七七番で一番富を取り損ねた、というだけでしょう。楽しく聞けたのは、夕七さんの話し方の巧みさのためだと思います。おもしろい部分を少しずつ膨らませてあそこまで仕上げた努力は認め、褒めなければならないと思います。ですが七七七だけなのですよ。その点、信吾さんのお話は、右往左往する人たちの心の動き、喜怒哀楽を織りこんだ、なんとも切ない人の弱さ、逞《たくま》しさ、やけっぱちな思いなどが籠められているのです。ですのでわたしは書きたくてたまらなかったのですよ。夕七さんの話は聞いて、笑って、楽しんで、それだけでした。

「そうでしたか。だからこそわたしは信吾さんに、戯作を書くことを勧めたのですがね」

「そうでしたか。本人は落胆するでしょうけれど、そういうことなら仕方ありません。夕七さんが聞いてきたら、あるいは折があれば話しておきますよ」

「辛い立場ですな、信吾さんは。ですがわたしは自分を偽ることはできません。信吾さんは相談に見えた方の秘密を洩らせば、その時点で廃業せねばならないとおっしゃったことがあります。それとおなじだとご理解ください」

「よくわかりました。それが押夢さんの誠意ですものね」

「おもしろい話ならいつでも大歓迎ですよ」

「ですが、本にできるかどうかはそのかぎりでない」

「そういうことでよろしく願います」

「本音を話していただいてよかったです」

気が付くと一刻半《いっときはん》(約三時間)がすぎていたので、「それでは黒介に会うことがあれば、よろしくお伝えください」と言い残して、押夢はあわただしく帰って行った。

信吾が将棋会所に顔を出すと、七ツをすぎていることもあって最後の客が帰るところであった。明日もお待ちしておりますと、信吾は客を送り出した。

常吉が手早く湯呑茶碗《ゆのみぢゃわん》や莨盆《タバコぼん》を片付けた。

信吾と常吉は例によって将棋の盤と駒をていねいに拭き浄めたが、その日も甚兵衛が手伝ってくれた。

「席亭さんは銀竹屋《ぎんちくや》さんをご存じでしたか」

なにげなくというふうに、甚兵衛が話し掛けて来た。一瞬なにを言われたのかわからなかったが、姿を見せるなり信吾が母屋に誘った押夢のこと以外には考えられない。甚兵衛がどこまで知っているのか、なにを言いたいかわからないので、迂闊なことは言えなかった。

ギンチク屋というからには屋号だろうが、どんな字を書くのかもわからない。曖昧に受け答えするしかなさそうである。

「良くは知りませんが、息子さんに任せて隠居なさったそうですね。頭は半白ですが、四十をすぎてそれほど経っていないのでしょう。甚兵衛さんは親しくされているのですか」

「いいえ。顔と屋号がわかるくらいで、話したことはないのですが」

そのまま甚兵衛は黙ってしまった。

「それにしても、ご先祖は風流な方だったんでしょうな」

しばらくしてそう言ったが、ということは押夢のことが頭から離れなかったのだろう。

「と申されますと」

「銀竹とはお天道《てんと》さまに照らされ、光り輝いて降る雨だと聞いたことがあります。強い雨脚に、雲間から射《さ》す陽《ひ》の光が当たって輝くさまが、まるで銀色の竹のようだからだそうです。うろ憶えですが、李白でしたかな。唐土《もろこし》の人の詩に、銀竹を詠んだものがあると聞いたような気がするのですが。ともかくそれを屋号にするのですから、風流人なんでしょう」

となるとギンチクとは銀の竹なのか。商売を息子に譲って戯作に手を染めたのだから、押夢は銀竹を屋号にした先祖の血を濃く引いているのかもしれなかった。

商売のことなども訊けば甚兵衛は知っているかもしれないが、信吾は訊かないことにした。押夢は隠居したのである。であれば商売がなんであったかを知っても、あまり意味がない気がしたからだ。

あるいは父の正右衛門に訊けばわかるかもしれないが、それもしないことにした。

屋号のことはわかったが、だとしても商売はおろか本名も、どこに住んでいるかも知らないのである。だがそれで、なに一つ不自由ではないのだ。

であれば、信吾にとっては寸瑕亭押夢だけで十分ではないか。これからも付きあいは続くだろうから、次第にわかってくることもあるだろう。それだけで十分とすべきなのだ。

どことなく、自分を言《い》い包《くる》めた気がしないでもなかったが……。

新しい友

一

信吾は刀掛けを買い求めたが、自分が使うためではなかった。

毎日、夕食後に庭で木刀の素振り、棒術と鎖双棍《くさりそうこん》の型や連続技を鍛錬しているが、それは秘《ひそ》かにおこなっている。木刀はいつも人に見えぬところに置いてあり、床の間などに飾る気はまるでなかった。

「瓦版に武勇伝が載っていたが、本気でヤットーをやる気になったかね」

刀掛けがあるかどうか訊《たず》ねると、古道具屋の若主人はいくらか冷やかし気味に訊《き》いた。父親が体調を崩したとかで見世を切り盛りしているが、まだ二十代半ばである。ちいさなころに信吾は遊んでもらったことがあった。

「古い話を持ち出されましたが、瓦版はもう半年も昔のことでしょう」

「よしとくれ。半年が昔なら、五年まえは前世になっちまわあ」

「将棋会所にお武家さまがいらして、常連になってくれそうなのですよ。腰の物を床の間に投げ出しておく訳にもいきませんからね」

古道具屋は将棋会所「駒形」のある黒船町から、日光街道を南へ三町（三〇〇メートル強）ほど行った元旅籠町《もとはたごちょう》にあった。日光街道は絶えず旅人が往来しているし、一帯には寺も多く、町家と混在している。少し西側には大名や旗本の御屋敷《おやしき》、大御番組や御書院番組の組屋敷が配されていた。

そのような土地の古道具屋であれば、刀掛けもあるのではないかと思ったのである。

「刀掛けには横掛けと縦掛けがあって、横掛けには一段、二段、三段があるが、二段掛けが一般的だな。鹿角製《ろっかくせい》とか胡桃材《くるみざい》など材料もいろいろで、鹿角は見てくれはいいものの、使い勝手はそれほどよくないらしいぜ。角は硬いんで鞘《さや》を傷めるんじゃないのか」

説明が長いのは、雑多な古道具が所狭しとばかりに置かれているので、本人もどこに置いたのか忘れたのかもしれない。いや、父親から引き継いだままで、片付けや整理をしていないのだろう。

鍋釜や俎板《まないた》に庖丁《ほうちょう》、水瓶《みずがめ》に柄杓《ひしゃく》、茶碗《ちゃわん》、丼、鉢、皿、湯呑《ゆのみ》と急須、傘に蓑《みの》と合羽《カッパ》、張り子の虎や招き猫、デンデン太鼓や孫の手などが、まさにひしめいている。ともかくあらゆるものが、ほとんど整理もされずに置かれているというか、放置されていると言ったほうがよさそうだ。

「礼を失しなければいいので、立派なものでなくてもいいのですが」

「取《と》り敢《あ》えずありゃいいんだな。だったらこれはどうだ」

引き出しながら若主人は、さり気なく掌《てのひら》で売り物を撫《な》で擦《さす》った。長いあいだに、びっしりと埃《ほこり》を被《かぶ》っていたからである。

縦型の刀掛けで一応は漆塗りであった。鐺《こじり》を置く窪《くぼ》みのある台と、刀身を立て掛ける柄だけという単純なものだ。

まさか「無礼者めが」と抜くようなことはないだろうが、大刀は刀掛けに置いたとしても脇差を帯びておれば、ほとんどが町人の駒形の客は気にするのではないだろうか。

しかし二段掛けがあるかどうかはわからない。

若主人はなおも探し続けたが、信吾はその刀掛けでいいと言った。値を訊くと八十文だとのことで、掛《か》け蕎麦《そば》五杯分である。

「意外と安いものなのですね」

「古道具だからな。本当なら三百文、少なくとも二百文はもらいたいところだ。こんなに安くちゃ、次々に捌《さば》かにゃ商売にならんのよ」

それらしく言ったが、八十文であろうと、売れ残って埃にまみれていたのだから、内心はほくほくにちがいない。

「こちらは大助かりです。いかがでしょう、昔面倒見た弟分だから五十文に負からんですかね」

「安いと言っておきながら値切るやつが、どこの世界にいる。それに弟分でも兄貴分でもねえぜ。遊んではやったがな」

冗談っぽく言ったが、目が笑っていないので値引きには応じそうにない。言い値の八十文で手を打った。

将棋会所の客の九割五分は商人か職人である。そのうちのかなりが、隠居か二、三男坊であった。残りの五分が芸人やその卵、ぶらぶらしている髪結いの亭主の源八、講釈の台本を書いて糊口《ここう》を凌《しの》いでいるらしい島造《しまぞう》、御家人崩れと噂《うわさ》のある権三郎《ごんざぶろう》などだ。たまに武士や僧侶も顔を出すが、身分の低い者ばかりであった。

父親の上役が将棋好きなので、見習いになるまえに将棋を習いに来た御家人の長男もいた。十二、三歳のその少年は、大刀は差さずに脇差だけであった。

ところが前日、羽織袴《はおりはかま》で大小を帯した若い武士が駒形にやって来た。親が料理屋をやっているからでもないだろうが、信吾は初対面だとつい羽織の紋に目が行ってしまう。その武士は丸に蔓柏紋《つるかしわもん》という珍しい家紋であった。三枚の柏の葉のあいだに、三本の蔓をあしらってある。

席料をもらうために小盆を手にした常吉が、戸惑っているので信吾が相手をした。

「将棋を楽しまれますので」

信吾がそう訊くと若い武士は、表座敷の八畳間と六畳間、そして板の間で対局している者たちを見廻《みまわ》した。一瞬だけ目が止まったのは、十一歳の女児ハツが大の男と対局していたからだろう。

「みどものような者でもかまわぬか」

「もちろんでございますが、お楽しみになられるお方には、どなたさまからも席料二十文をいただくことになっております」

「うむ」と言ってから相手は懐から紙入れを出して、二十文を手渡した。信吾はそれを常吉の持った小盆に置いた。

「若輩者でございますが、てまえは当将棋会所の席亭をやっております信吾と申します」

言いながら、信吾は空いている席に若い武士を導いた。

大刀を抜き取ると右手に持ち、相手は信吾の示した席に座を占めた。体の右横に大刀を置いたが、だれかがうっかり踏みでもすればたいへんなことになる。

「お腰の物でございますが」と、信吾は丁重に訊いた。「刀掛けを用意しておりませんので、あちらに置かせていただいてよろしいでしょうか」

目顔で床の間を示すと、相手は「うむ」と応じた。信吾は懐から手拭を出して大刀の下に差し入れ、両手で戴《いただ》くようにして床の間に置いた。

席にもどった信吾は一礼すると、若い武士に簡単に説明した。

将棋会所はほとんどがそうだが、客同士で対局して楽しんでもらっている。一人で来所の場合は、席亭が相手してから力量の似通った客を紹介する。慣れてきたら、客同士で話しあって対局することが多い。などをである。

「おそらくご承知とは思いますが」

信吾は壁に貼りだした違反事項を示した。そこには、「次に記したことは違反となりますので、指した駒から手が離れた瞬間に負けとします」と付記してある。二歩、二手指し、筋違い、打ち歩詰め、王手放置の五項目で、若い武士は一瞥《いちべつ》しただけで「承知」と言った。

「また別料金で、指導や席亭との対局にも応じておりますが、お武家さまには関係なさそうですね」

信吾が盤の上に箱の駒を空けると、相手は玉将を手に取って一番下列中央に据え、金将をまず玉将の左、続いて右に置いた。どうやら心得があるらしいと思いながら、信吾は王将を自陣の中央盤側に置いた。

席亭が相手してからと言ったので、若い武士は玉将を手にしたのだ。先番が玉将を持つことになっているからである。続いて銀将を金将の左と右、桂馬を銀将の左と右へと並べてゆく。

駒形の客はたとえ常連であっても、並べるときには手にした駒を所定の位置に置いてゆくだけであった。最初に手にしたのが飛車なら、右から二列目の下から二段目という具合に。

毎年十一月十七日に江戸城で将軍をまえに大橋家と大橋分家、そして伊藤家の家元が御城将棋《おしろしょうぎ》を指すことになっている。その場合の駒を置く順は厳密に決められていて、大橋家と大橋分家はおなじだが、伊藤家ではちがっていた。

若い武士は桂馬の次に香車を左右の順、そして角行、飛車を、続いて歩兵を中央の下から三段目に置き、やはり左右の順に交互に並べてゆく。大橋家と大橋分家の流儀である。

武士はかならずどちらかの流儀に従うのか、たまたまその武士が大橋家の流儀なのかはわからない。下級武士たちであれば縁台将棋と変わらず、並べ順に頓着しないのではないだろうか。

信吾は相手を十八、九歳と見たが、あるいはもっと若いのかもしれないという気もした。背筋を伸ばして左手を膝に突き、右手で並べてゆくが、その動きにむだがなく、しかも動作が流れるようであった。

かなりの指し手のようだ。駒形の常連もそうだが、力が付くに従ってメリハリが利くようになる。不必要なこと、無意味なことをしないので、動作が自然と端正になるのかもしれなかった。

指してみてわかったが、信吾の予感は的中した。駒形の級分けに当て嵌《あ》《は》めると、上級の上の部だろう。

開所して半年ほどの駒形では、信吾は客たちを上が一割、中が二から三割、下が六から七割と見ていた。その後、次第に若い常連客が増えたことで切磋琢磨《せっさたくま》して、かなり水準があがっている。開所後半年の力量を基準にすれば、今は上が二割、中が三から四割、下が四から五割ぐらいに、全体の力があがっているのではないだろうか。

いつの間にか、盤側には常連たちが集まっていた。上位の者の対局は見るだけでも得るところが多いと、普段から言っていることもある。だがそれだけではないようだ。やはり席亭と羽織袴の若侍の勝負となると、無関心でいられないのは当然かもしれない。

開所一周年記念将棋大会で優勝した桝屋良作と、準優勝となった甚兵衛。別札を見て大会を知り、急遽《きゅうきょ》参加して三位となった太郎次郎《たろうじろう》。四位の権三郎と五位の島造まで、上位の全員がそろっていた。

そして祖父の平兵衛と通っているハツも、喰《く》い入るような目で盤面を、憧れの師匠である信吾と若い武士を交互に見ていた。その頬は紅潮している。

若い武士は見物の連中など歯牙にも掛ける気配もなく、平然としていた。唸《うな》ったり、声を漏らしたりすることもない。手が進むにつれて次第に追い詰められてゆくのだが、淡々と指し続けたのである。

信吾が持ち駒の一つを取って静かにそれを盤上に置いたとき、若い武士は深々と頭をさげた。

「みどもの負けでござる」

「ありがとうございました。帰趨《きすう》が最後まで定まらぬ、いい勝負をさせていただきました。ところで大橋流はどなたに」

信吾はさり気なく訊いたのだが、市井の将棋会所の席亭がそれに触れたこと自体が、若い武士には意外であったようだ。一瞬、鋭い目で信吾を見たが、それに関して問うことはなかった。

「父に手ほどきを受けたが、驕《おご》っておってはそこで頭打ちとなる。武者修行をしてまいれと言われてな」

「そうしますとお父上は大橋流の」

「まさか」と苦笑してから、若侍は真顔にもどった。「家元に指導を受けた者に教わった、と言ってはおったが」

「お父上に武者修行をと言われて、お武家さまはこちらに」

「いや、何箇所かで挑んだがことごとく負かした。野《や》に遺賢《いけん》無しと高を括《くく》っておったが、父に言われたとおりであったな。世間は広い。心を入れ替えねばならぬと、しみじみと感じさせられたところだ。ときおり寄せてもらおうと思うが、相手をしてもらえるか」

「喜んでお相手させていただきます。ところで、どちらからお見えでございますか」

しばらくの間を置いてから相手は答えた。

「番町《ばんちょう》だ」

「と申されても広うございますが」

「牛込御門《うしごめごもん》の近くだ」

「浅草までとなりますと、かなりの道程《みちのり》でございますね」

「道順にもよりますが」と、控え目に言ったのは桝屋良作であった。「片道で二里（七・八キロメートル強）はなくとも一里半（五・九キロメートル弱）ではきかないでしょう」

桝屋がなんの商売をしていたのか信吾は知らないが、ほとんど間を置かずに計算したのである。

「それだけの価値があれば労を厭《いと》わぬ」

「時折お出《い》でいただけるということでございましたら、お名前をお伺いしてよろしゅうございますか。その都度、お武家さまとお呼びするのは、却《かえ》って失礼でしょうから」

「無名でかまわぬ。失礼とは思わぬが」と、少しためらってから若い武士は続けた。「龍之進《たつのしん》と申す。龍は龍虎の龍だ。タツであるな。姓は勘弁してくれ」

「よろしゅうございますとも。当会所で龍之進さまのお相手をできる者は、あまり多くはおりませんが」

信吾は桝屋、甚兵衛、太郎次郎、権三郎、島造と順に見た。龍之進の相手をできるのはおそらく三人、せいぜい五人までで、それ以外ではむりだということは明白だ。信吾に見られた五人はだれも戸惑い顔である。

「どなたか龍之進さまのお相手を」

「いや、今日は取り敢えずのつもりでいたので、ゆっくりしておれんのだ」

龍之進がそう言うのを聞いて、五人はホッとしたような顔になった。

「信吾と申したな。会所は何刻《なんどき》から何刻までやっておるのだ」

「決めている訳ではありませんが、朝の五ツ（八時）から夕刻の七ツ（四時）まではまちがいなくやっております。それから龍之進さま、看板をご覧になられましたでしょうか」と訊いたが、表情から見ていないのがわかった。「てまえは相談屋もやっておりますので、相談事によっては出掛けねばならないことがございます。お出でになられる日がわかっておりましたら、こちらに控えておりますが」

龍之進は少し考えてから言った。

「では七の日としよう。七日、十七日、二十七日だな」

「よろしゅうございます。お待ちいたしておりますので」

七の日であれば問題はない。

一日と五の付く日は手習所が休みなので、子供たちが集まって騒々しい。静かにするよう注意するのだが、声が甲高いためどうしても気が散るからだろう、五の日には休む常連もいた。

龍之進が立ちあがったので、信吾は懐から手拭を取り出した。肌が触れぬように留意しながら、床の間の大刀を両手で捧《ささ》げ持ち、龍之進に渡した。

「次にお見えのときには、刀掛けをご用意しておきますので」

うなずくと龍之進は大刀を手挟み、土間におりて常吉のそろえた雪駄《せった》を履いた。

「厄介を掛けた」

格子戸を開けて龍之進が外に出たので、信吾は日和下駄《ひよりげた》を突っ掛けてあとを追った。せめて日光街道まで見送ろうとしたのである。

二

格子戸を開けるまえから騒々しさを感じていたが、戸を開けて屋内に入るなり全員が一斉に信吾を見た。将棋を指している者は一人もおらず、人の輪がいくつかできていた。

「どうなさったのです、みなさん」

「どうなさったのではありませんよ、席亭さん」と、全員を代弁するように甚兵衛が言った。「おおごとでしょう、お武家さまが常連になられるのですから」

「月に三日程度では、常連と言えないのではないですか。常連となると月の半分とは言わなくても、せめて三分の一、つまり十日は来ていただかないとね」

「たとえ三日だろうと、七日、十七日、二十七日にはかならずお見えなんですから。これは立派な常連さんですよ」

甚兵衛の言葉に、おおきくうなずいたのは島造であった。

「お武家が、それもなかなか立派な方が通うことになったのだから、将棋会所『駒形』にとっては名誉なことではないですか。わたしなんざ鼻たかだかで、湯屋でも床屋でも自慢してやりますよ」

「番町と言っていらしたが、ということはお旗本でしょうな。番町にはたしか御大名の御屋敷も何家《なんけ》か、ありはしますけれどね」

素七《そしち》がそう言うと桝屋も同意した。

「お召物が上物でしたし、腰の物も見事でしたね」

やはり隠居はしていても商人《あきんど》である。見るべきところは、ちゃんと見ているのだ。

「そうですとも、まちがいなく大身のお旗本です」

素七はどうやら、自分でそう決めこんでしまったようである。

「あっしがすごいと思ったのは」と割りこんだのは、髪結いの亭主の源八だった。「席亭さんが堂々としてたってことですよ。お旗本が相手では、なかなかああはいかねえからね。あっしなんざ気後れして、舌が縺《もつ》れてしまいまさ」

「いや、なによりすごいのは、龍之進さんが相当な腕まえをお持ちだということですよ。父上が家元から直接ではないにしても、家元に教えを受けた人に教わったと言っていましたからね」

甚兵衛は真顔でそう言った。

「弟子の弟子は孫弟子ですが」と、信吾は茶化さずにいられなかった。「その孫弟子の弟子のようですから、まるでありがたみが感じられませんけれど」

「普通の弟子じゃありません。なにしろ家元直系ですから。その方を負かしたのだから、やはり席亭さんはすごい」と手放しで褒めてから、甚兵衛は信吾に言った。「ところであのとき席亭さんは、たしか大橋流とおっしゃったが、将棋に流派なんぞがあるのですか。茶道や華道なんかのように」

「のようですね。聞《き》き齧《かじ》りで詳しくは知りませんが」

そう断って、信吾は御城将棋の説明をした。十一月十七日に江戸城で、将軍さまのまえで大橋家と大橋分家、それに伊藤家の家元が将棋を指すことを、である。

のちに神君とか権現さまと呼ばれることになった家康公は、囲碁と将棋を愛好し、名手たちの対局を観戦したそうである。しかし時代がさがると将軍が観戦することはほとんどなくなり、老中が短い時間、形ばかりの観戦をするだけになったようだ。

将軍御前での対局は、家元が権威付けのために書き残し、弟子たちに語ったものではないか、ということであった。もちろん信吾はそこまでは話さない。

「で、なぜ大橋家だとわかったんです」

そう訊いたのは島造であった。講釈の台本を書いているらしいとのことだが、物書きだけあって好奇心が人一倍強いのだろう。もっともほかの面々もおなじ思いらしいのは、その目の輝きを見ればわかった。

人の輪のうしろに、ちいさな盆を持ったままの常吉が坐《すわ》っていたが、信吾がどこまで話すか気が気でないのだろう。少しまえに流派や駒の並べ方のちがいについて、詳しく教えたばかりだった。

「わたしたちは手にした駒を、決められた升目に並べてゆくだけですが、御城将棋の家元ではその順番が決まっているらしいのです」

途中まではまったくおなじだが、後半になってちがいが現れる、とだけ信吾は言った。ちがっていることさえわかればいいので、個々の駒の置き順にまでは触れないことにしたのだ。

そのもっともおおきな差異は歩兵であって、大橋家は本家も分家も、中央の列の上からも下からも三段目に最初の歩兵を置く。あとはその左へ、次に右と、以後も左右交互に並べてゆく。

のである。

　伊藤家では三段目の一番左端に最初の歩兵を置き、あとは順に右へ右へと置いてゆく
「それで龍之進さんが、大橋家の流儀だとわかったのですけれど」

「御城将棋の家元に習った人から教えを受けた父親に、教えてもらった訳ですからね。龍之進さんは」と甚兵衛は、どうしてもそちらに話を持って行こうとする。「その龍之進さんに、みどもの負けでござる、と言わせたのですから、さすが席亭さんです」

　信吾が開所した直後に甚兵衛は勝負を挑み、七戦して全敗したことがあった。駒形で一、二を争う自分が全敗したからには、信吾がいかに強いかを力説したいのだろう。

「しかし、窮屈になんねえかなあ」

「なにがですかな、源八さん」

「いやね、甚兵衛さん。月に三日だけならいいけどよ、居心地がいいからって、しょっちゅう来るようになったりしねえですかね」

「居心地がいいとは、どういうことだい」

　平吉は髪結の亭主である源八が気に喰わないらしく、すぐに突っ掛かったりからかったりする。黙っていられなくなったのだろう。

「駒形には席亭さんをはじめ、腕の立つ指し手がそろっているからね。ここへ熱心に通えば腕が磨けるってんで、暇さえあれば通うようになるんじゃねえか。武士《りゃんこ》がウロウロ

してちゃ、のんびりと将棋を楽しめなくなっちまう」

「だけど、あのお侍はおとなしくて静かだったぜ。源八つぁんの鼾《いびき》じゃなかった鼻息のほうが、よほど耳障《みみざわ》りだけどな」

平吉はここぞとばかりからかう。

「龍之進さんかい。あの人は物静かなお人だが、いい将棋会所だからって友達を誘いかねない。何人もが来るかもしんねえだろう。一人ではおとなしくても、仲間が増えればそうはいかんかもしんねえぜ」

「そんときこそ、髪結の亭主源八どのの出番でないか。将棋で来やがれと若侍の鼻っ柱を叩《たた》き折れば、おとなしくなるはずだぜ」と、平吉は周りを見廻した。「そうは思わないかい、おハツさん」

突然言われてハツは目を円くしたが、一方の源八は不貞腐《ふてくさ》れてしまった。昨年暮れの将棋大会で、源八は当時十歳だったハツに負けて調子を崩したからである。

「龍之進さんは礼儀正しい方ですから、お友達を誘うようなことがあっても、騒ぐようなお人は来ないと思いますよ。それに騒々しくなれば、てまえが注意して静かにしてもらいますから」

あまり好き勝手な発言が続くと、思い掛けない方向に暴走する危険性があるので、信吾はさり気なく歯止めを掛けた。

「そうは言ってもお侍だから」

しばらく黙っていた島造が口を開くと、微《かす》かにではあるが何人かがうなずいた。やはり気にしている者はいるのだろう。

「島造さんはそうおっしゃいますが、てまえに取りましては、お客さまはどなたもおなじでございます。いつも言っていますが、将棋盤を挟めば一人対一人なんですから。武士も町人も、大人も子供も、男も女も関係ありません。強いか弱いかだけですからね」

一番おおきくうなずいたのはハツだったが、それを見ていた常吉も負けずに何度もうなずいた。

「龍之進と名乗った若侍は、姓は勘弁しろと申したな」

無言を通していた御家人崩れと噂の権三郎が、初めて話し掛けたのでだれもが驚いたようである。そしてだれもがおなじことをしたのであった。問い掛けた権三郎と信吾を交互に見、いや、繰り返し見比べたのである。

「それがなにか」

あるいはと思ったが、信吾はそれに気付かれぬように静かに訊いた。権三郎はもっともらしくうなずいた。

「龍之進とやらは、御城将棋の家元と駒並べの順がおなじだったのだな」

「はい」

「だから姓を名乗れなんだのではないのか」

この男がそれまで沈黙を守っていたのは、相手が立派な身装《なり》のお武家なので気後れしているのだと、信吾は思っていたのである。どうやら龍之進がもてはやされるのが、気に入らぬからだったようだ。

権三郎は龍之進が大橋家の関係者、いや関係者なんぞではなく、その一族の者、というより家元大橋家の御曹司だと見ているのかもしれない。

訳がわからぬ者もいたようだが、甚兵衛、桝屋、太郎次郎などほとんどの者は、権三郎がなにを言いたいかを理解したようだ。

信吾は思ってもいなかったが、言われた瞬間にそうかもしれないという気がした。龍之進が負けを宣言したとき、信吾は深く考えることなく「ところで大橋流はどなたに」と訊いたのである。

そのあとで、お武家さまと呼ぶ訳にいかないので名を教えてもらいたいと言った。無名でもかまわぬと言ってから少し迷い、龍之進だと名乗ったのだ。そして「姓は勘弁してくれ」と言ったのである。

大橋流を出されたあとで、大橋と名乗れる訳がないではないか。

ではあるが、それはあくまでも権三郎の妄想にすぎない。それなのにここにいる者の口から、それが拡《ひろ》がったりしては取り返しがつかぬことになりかねなかった。

「権三郎さんのお考えは鋭いですが、それはないと思いますよ」

にこやかに笑い掛けながら、信吾はきっぱりと言った。

「龍之進さんのお住まいは、番町だと申されました。皆さまご存じのように番町の名の由来は、将軍家お旗本の番方の方々が住まわれているからです。ところが将棋家元の身分は御用達《ごようたし》町人で、お旗本の役方ですらないのです。寺社奉行の支配を受けていますから、番町に屋敷を与えられる道理がありません」

番方は武官で役方は文官である。文官ですらない御用達町人が、番町に住める訳がないということだ。

「それにしても席亭さんは」と、甚兵衛が言った。「よくそんなことまでご存じですな、まだお若いのに」

「父の知りあいの方に将棋を教えていただいた際に、いろんな話をしてくれましたが、それを思い出しまして」

「ということですから、大橋家となんらかの関わりはあるかもしれませんが、龍之進さんはまちがいなく番方のお旗本でしょう」

その場を締めるように甚兵衛が言った。

江戸で五本の指に数えられる会席、即席料理の宮戸屋には、大名家や旗本家からの客が訪れることもある。そのため粗相があってはならぬので、大名武鑑と旗本武鑑をそろえていた。

龍之進が大橋家であれば、御用達町人なので武鑑には掲載されないはずだ。しかし番町に屋敷を構えた旗本であれば、旗本武鑑を調べれば丸に蔓柏紋が出ているので家の名をたしかめることができる。また父正右衛門や母繁、祖母の咲江に訊けば教えてくれるはずだ。

だが、信吾は調べないことにした。大事なのは龍之進本人であって、家やそれに関わることはそれほどの意味を持つとは思えないからだ。

相談屋を一年半近くやってきて、本人こそ問題であってそれ以外はそれほどの意味を持たぬことを、信吾はしみじみと感じさせられた。ほとんどの場合、それでなんら支障はないのである。

おもしろい話が好きな正体不明の男は、のちになって戯作者《げさくしゃ》の寸瑕亭押夢だとわかったが、家業も本名もいまだに知らないままだ。屋号は銀竹屋らしいと甚兵衛に言われたが、あくまでもらしいというだけで、商売についてはわからない。しかし本人にたまらない魅力があり、それだけで十分であった。通称しか知らないのに、悩みの解消の手助けができて感謝され、相談料や謝礼をもらった人は何人もいる。

本名を打ち明けてくれたと思ったら、それすら偽名という人もいた。そうかと思うと、仲間の集まりでさえ号とか渾名《あだな》で呼びあっているのに、信吾と打ち解けて本名を明かしてくれた某大名家の江戸留守居役もいた。

そうなのだ。大事なのは本人なのである。だとすれば、龍之進は龍之進、それ以外になにが意味を持つだろう。

三

駒形は朝の五ツまえには用意を調えて、いつ客が来ても楽しんでもらえるようにしていた。客は自分の都合のいい時刻に、思い思いにやって来る。

ところがその日は常連の、それも上位の五人、桝屋、甚兵衛、太郎次郎、権三郎、島造の顔が五ツにはそろっていた。下位の者もいつもよりずっと多い。

二十七日であった。ということは、龍之進が来ると言った三日のうちの一日だったからである。三日まえ、信吾は自分が一戦を終えたあとで、ようすを見に来たらしい龍之進との対局を上位の五人にそれとなく打診したが、そのときには全員が尻込みした。

そのため信吾は一人、二人、場合によってはもっと多くが、休むかもしれないと思っていたのである。なぜなら、来れば龍之進との対局を信吾に持ち掛けられるだろうし、辞退すれば怯《おび》えたと取られかねないからだ。かといって、相手をして無惨な負けを喫するようなことには耐えられない。

昨日まで龍之進の話題はだれからも出なかったし、信吾もそれについて話したりはしなかった。

三日のあいだ、常連たちはかれらなりにあれこれ考え、思い悩んだのではないだろうか。信吾一人がずっと相手する訳にいかないだろうから、上位のだれかを指名するはずであった。当然、自分が指名される可能性は高い。上位の者ほどその思いが強いはずだ。甚兵衛に七戦七勝した信吾が、際どい勝負をした相手である。まずは勝てないだろうが、だとしてもみっともない負け方はできない。そう思わずにいられないだろう。

だがかれらも将棋指しである。

大橋家の者かもしれぬし、ではないとしても御城将棋の家元の、あるいはその弟子の教えを受けているであろう龍之進。優れた血統で筋金入りの武士との勝負など、この機会を逸すると二度と訪れるはずがない。

となればやはり、いやなんとしても対局したいとなるのではないだろうか。万が一、信吾から声が掛からないとしても、常連上位のだれかが龍之進と対局することはまちがいない。その勝負を見ずになんとしよう、と思ったにちがいないのだ。

格子戸が開けられるたびに、全員の目がそちらに向けられる。上位の五人だけではなかった。とうてい声の掛かるはずのない者までもが、一斉に顔を向け、そして落胆するのであった。

「みなさんおはようございます。席亭さんおはようございます。常吉さんおはよう」

明るい声とともにハツが入って来た。

本所の表町《おもてちょう》からなのでいつもは五ツ半（九時）になるハツだが、今日は四半刻（約三〇分）も早い。やはり龍之進が気懸かりでたまらなかったらしく、素早く見廻してがっかりしたのを隠そうともしないので、信吾は思わず笑ってしまった。

その後もおなじ繰り返しであった。格子戸の開けられる音がすると全員がそちらを見、入って来た客は屋内を見渡すのである。将棋に集中できた者は、ほとんどいなかったにちがいない。

浅草寺の時の鐘が九ツ（十二時）を告げたとき、全員が溜息《ためいき》を吐《つ》いたことに気付き、だれもが思わずというふうに笑ってしまった。

「忘れた訳じゃないだろうな」

源八が言うなり平吉が透かさずからかう。

「源八つぁんじゃ、あるめえし」

「禁足を喰ったのではないでしょうね」

そう言ったのは甚兵衛である。

「キンソクってなんですか」

訊いたのはハツだが、大人にもわからない人がいたようで、思わずというふうに首を傾《かし》げた。

「足止めですね」と、甚兵衛はハツに答えた。「武家でありながら、町人の将棋会所に出向くなど以《もっ》ての外《ほか》だ、断じて許すことはできぬ。それでも行くのであれば勘当だ、とかなんとか言われて、家を出してもらえないとか」

「だって、将棋盤を挟んだら、お武家さんも町人も関係ないのでしょう」

ハツの無邪気さに、甚兵衛は思わず笑みを漏らした。

「それはそうですがね。だからこそ町人なんぞを相手にしては、沽券《こけん》に関わると思う人がいるのですよ。お侍さんの中には」

「あたし、もっともっと強くなって、そういうわからずやのお侍さんを、ギャフンと言わせてやりたい」

「その意気で励みなさい」

「はい、信吾先生。じゃなくて、席亭さん」

ハツが信吾を慕っているのはだれもが感じているらしく、温かみのある笑みが漏れた。それを知ってハツは耳まで真っ赤になった。

いつになく店屋物を頼む人が多かったのは、食事に帰ったり食べに出たりすれば、そのあいだに龍之進が来るかもしれないと思ったからだろう。

「許せよ」

龍之進の声がしたのは、九ツ半（一時）を四半刻ほどすぎたころであっただろうか。

「いらっしゃいませ、龍之進さま。お待ちしておりました」

信吾が挨拶するのとほとんど同時に、「こんにちは、龍之進さま」「いらっしゃいませ」「お待ちしておりました」などと何人もから声が掛かったので、却って龍之進のほうが驚いたようであった。一瞬の間を置いて照れ臭そうに言った。

「よしなに頼む」

言いながら用意していた席料を、常吉が差し出した小盆に置いた。

「こちらでよろしいでしょうか」

客は多かったが、八畳間に一組だけ空きがあった。湯呑茶碗を載せた盆を手に常吉が訊くと、龍之進はうなずいた。

「お茶を飲みながらお待ちください。なるべく早く、お相手を決めるようにいたしますので」

信吾がそう言うと、龍之進は「うむ」と短く応じた。

島造と指していた桝屋良作が、目顔で確認して勝負の途中で盤上を崩した。自分たちの対局を打ち切ったということは、どちらも龍之進と対局したい、少なくとも応じる用意があるとの意思表示だろう。となると大会一位の桝屋と五位の島造では、当然だが一位を優先すべきであった。

実はわずかな遅れではあったが、盤面に手をやった者はほかにもいた。大会で準優勝した甚兵衛と三位の太郎次郎、もう一組は四位の権三郎と六位の夢道《むどう》である。やはり上位の者には矜持《きょうじ》もあってだろうが、だれもが龍之進との対局を望んでいたということだ。

「では、お願いできますね」と桝屋に確認してから、信吾は龍之進に言った。「昨年の将棋大会で優勝された桝屋さんと、対局していただきますので」

「優勝となると、席亭に勝ったのであるか」

その問いは、先日の信吾との勝負を踏まえてのものだろう。

「滅相もない」

桝屋はあわてて、目のまえで手を何度も横に振った。信吾は笑顔になって説明した。

「てまえは主催者ですので、大会には参加しておりません」

「相わかった。となると先番を決めねばならぬな」

「滅相もない」とよほど狼狽《ろうばい》したらしく、桝屋はおなじ言葉を繰り返した。「席亭さんと接戦なさった龍之進さまにお相手願うのですから、てまえが先番とさせていただきます」

信吾がうなずいたので、龍之進は大刀を鞘ごと抜いて床の間の刀掛けに置き、上座に腰をおろした。

「それから龍之進さま、お願いが多くて痛み入りますが、希望者に見学させていただいてもよろしいでしょうか。普段も力のある人の対局は、極力見て学ぶようにと言っておりますので」

「かまわぬ」

「ありがとうございます。おハツさん」と言って、信吾はうなずいて見せた。「ここに来て見せていただきなさい」

信吾が盤側の一番いい席に坐らせると、顔を輝かせたハツは龍之進と桝屋にピョコンと頭をさげた。

「女チビ名人が渾名の当会所の人気者で、大抵の大人はかないません」

「さようか」

ハツを一瞥してから龍之進は苦笑した。

信吾は常吉にも見学させてもらうよう目顔でうながしたが、奉公人を盤側のハツの向かいに坐らせる訳にはいかない。盆を置いた常吉は、龍之進の斜め後ろで立ったまま見学することになった。

浅草寺の時の鐘が八ツ（二時）を告げるのが丁度合図となって、対局が開始された。

見学する者が多いというか、その日の客の全員である四十人ほどが取り巻いたのである。足腰の弱いお年寄りには坐ってもらい、若者や背丈のある客は立ったままの観戦となった。そのため八畳間と六畳間はほぼ埋まってしまい、うしろの者は満足に観戦できないにちがいない。

見学者が多いためもあって、桝屋も龍之進も慎重にならざるを得なかったようだ。

駒形は町の将棋会所なので、客たちの指し手は早い。ほとんど考えることをしないで、ひたすら駒を動かす者もいた。少し間が空けば相手が急《せ》かすのだから、満足に考えることなどできもしないだろう。一刻（約二時間）で何番指したかを自慢する者がいるくらいだ。

それでも上位の者となると互いに熟考してからになるので、一刻前後掛かることもあった。龍之進と桝屋の対局も、攻防の微妙な駆け引きもあって一進一退を繰り返す。わかる者にはおもしろくてならなかっただろうが、早指し自慢には焦《じ》れる者もいたようだ。四半刻もしないうちにそっと輪を抜けて、自分たちだけで勝負を始めた者もいた。

時の鐘が七ツを告げたので、いつもなら客たちも帰るが一向にその気配はない。しかし見学者は少し減っていた。上級や中級の者は攻防の緊迫や敵の意表を衝《つ》く指し手に興奮して手に汗を握っているが、そのおもしろみがわからぬ者には、だらだらと長く退屈でしかなかったのだろう。

ただ帰ろうとしないのは、自分たちの仲間である桝屋良作が、勝つか負けるか、負けるにしてもどこまで健闘するかを知りたかったからにちがいない。

「ありません。負けました」

桝屋がそう言って頭をさげたのは、さらに四半刻をすぎてからであった。見学者のあいだから溜息が漏れた。

「良き勝負をさせてもろうた」

「龍之進さまの鋭い攻めにたじたじとなり、どうしても守り切れませんでした」

「なにを申される。鉄壁の構えゆえ攻め倦《あぐ》んだわ。町人が、かくも骨格の揺るぎない構えで受けようとは思いもせなんだ」

「町人が、と申されますと」

信吾は思わず言ってしまったが、盤を挟めば万人が対等なはずだということとはべつに、龍之進が町人の特性をどのように捉えているかに興味があったからだ。

「堅牢《けんろう》な構えを成し、自陣の駒の相互の補いあいを、あれほど緻密に考えておるとは思わなんだ。押さば引き、引かば押せ、でもって相手を無力化し、敵のわずかな隙に付け入ると申せばよいか、柔軟な戦法を採るのではないかと思うておったが」

「まさに商人《あきんど》のごとく、でございますね」

信吾がそう言うなり龍之進は正面を見据えたが、眉間には深い皺《しわ》が刻まれていた。しかも目の焦点があっていない。

とんでもない失言をしてしまったらしいことに、信吾は気付いたのである。龍之進は武士としてはもののわかる、話せる男だといつの間にか思いこんでいたのであった。

「ううううう」

龍之進が漏らしたのが呻《うめ》きでなく笑いだとわかったのは、思わず顔を見たからであった。歪《ゆが》んだ顔は笑っていたのだ。「ふふふふ」が「ううううう」と聞こえたのである。

「父の申したのはこのことであったか。なるほどな」

笑いだとすれば自嘲ということになるが、なにに対してなぜ笑ったのかは、信吾にはわからない。

「どういうことでしょう。なにかてまえが気に障るようなことを」

「そうではない。おのが狭量に気付かされたということだ。桝屋どのとの勝負、並べ直して検討したきところなれど、宵闇が迫っておる。またの機会といたそう」

龍之進は席を立つと、床の間の刀掛けから大刀を取って腰に差した。

大股で八畳間から六畳間に移った龍之進は、常吉があわててそろえた雪駄を履くと、信吾や客たちを振り返った。

「厄介を掛けたな。ご免」

そのまま格子戸の向こうに姿を消したのである。

甚兵衛だけでなく何人もが、「追ったほうがいいのではないですか」との顔で信吾を見た。龍之進は動揺している。武士としてはそれを町人に覚《さと》られたくないだろう。心が乱れているときに、さらに輪を掛けて乱すべきではないと信吾は思った。

「良《い》い仲間ができてよかったですね、みなさん」

「仲間ですって。だって、お武家さんじゃないですか」

素っ頓狂な声を出したのは源八だが、声にこそ出さなかったがだれの思いもおなじようであった。

「お武家ですが、わたしらの仲間です。龍之進さんは、おハツさんの言った将棋指しですよ。ですから、特別扱いしないで、次からはもっと気楽に付きあうようにしましょうよ」

「気楽に付きあうったってねえ」

信吾の思いがわかりもしない源八は、そう言って客たちを見廻した。何人もが曖昧にうなずいた。

「気にすることはありません。十日後にはちがった顔を見せてくれるでしょう」

信吾は屈託のない笑いを周囲に投げ掛けたが、あるいは自分に言い聞かせたかったのかもしれない。

屋外が薄暗くなり始めたので、客たちは帰って行った。なに、すべてがわからなくてもかまうことはないのだ、と信吾は思う。明日という日があるのだから。

四

客が帰るとき、常吉は忘れ物がないかたしかめる。お年寄りが多いためか、将棋盤の下にうっかりと置き忘れてしまうことがあるのだ。

送り出しが終わると、莨盆《タバコぼん》や湯呑茶碗を片付けた。そして盤と駒を拭《ふ》き浄《きよ》めてそれを壁際に積みあげ、座蒲団《ざぶとん》も部屋の隅に重ね置く。

盤と駒の手入れは信吾も手伝うが、その日は甚兵衛が加わった。

「いやはや、こんなことになるとは、思いもしていませんでしたね」

甚兵衛が商人の隠居らしい、気を惹《ひ》く言い方をした。

「こんなことと申されますと」

「まさか、あのようなお方がねえ」

甚兵衛はお武家さまでも龍之進さまでもなく、あの方と言った。

龍之進が初めて駒形に来て、二度目の今日まで三日がすぎている。おそらく甚兵衛なりに、あれこれと考えたことがあるのだろう。そして思ったことをだれにでもという訳でなく、特定の者に打ち明けたいと思っているのではないだろうか。となれば、その相手は席亭の信吾ということになる。

「甚兵衛さん。もしよろしかったら、今夜は泊まっていかれませんか」と言って、相手が返辞する間を置かずに続けた。「そうなさいまし。あれこれ語りあいたいこともありますから」

チラリと常吉を見たのは二人の話をうっかりと、子供の常連に洩《も》らしかねないとの意味もあった。

「ですが、急な話でご迷惑を」

「その心配ならご無用です。それともお店《たな》の方が心配されますか」

「気ままな隠居ですからなあ。たまには帰らぬこともありますが、この齢《とし》ですからだれも悪所に絡め取られたとは思やしません。それくらいの元気があればいいのですがね」

「だったら、いっしょに食べて、飲んで、語りましょう」

席を立つと、日和下駄を突っ掛けて信吾は母屋に向かった。そろそろモトが波乃に教えながら、夕餉《ゆうげ》の準備を始めるころであった。

甚兵衛が食事をし、泊まっていくことを伝えて、信吾が会所にもどると作業は終わっていた。いつもなら食事のまえに常吉と湯屋でひと汗流すが、季節的なこともあって朝風呂に切り替えていた。

取り留めない話をしていると、食事の用意ができたとモトが伝えに来た。

片付けを確認して戸締りをし、信吾は甚兵衛と常吉を伴って母屋にもどった。

心得たもので、甚兵衛は異色の客である龍之進や、常連たちの反応をおもしろおかしく話題にした。波乃とモトはなにかと興味を覚えるからだろう、ときたま問い掛けることはあっても、うなずきながら拝聴していた。

食事が終わって、常吉がモトの用意した番犬の餌を入れた皿を手に会所にもどると、信吾と甚兵衛は八畳の表座敷に移った。すぐに波乃が燗《かん》を付けた銚子《ちょうし》と盃《さかずき》を載せた盆を持って現れた。食事を終えたばかりなので、漬物を盛りあわせた皿だけが添えられていた。

「甚兵衛さん。どうぞ」

「これは、おそれいります」

波乃が銚子を手にうながすと、甚兵衛は盃で受けた。信吾の盃にも注《つ》いで、一礼すると波乃は辞した。

信吾がこちらに移って波乃と住むようになってから、甚兵衛が泊まるのは初めてであった。となると大事な話がある、とわかっているからだろう。

甚兵衛の酒は飲むこと自体よりも、飲みながら語ることを楽しむ点にある。信吾も調子をあわせて、ちびりちびりと口に運んだ。しばらく口中で酒を転がしてから、味わいながら飲み干し、真顔になって甚兵衛が言った
「席亭さんは当然お気付きでしょうが、龍之進さまの羽織の紋は」

「珍しい紋ですね。たしか丸に蔓柏紋だったと思いますが」

「となりますと、どちらのご紋かご存じでしょうね」

「いえ、そこまでは」

甚兵衛は間を置き、厳かと言っていい重みを持たせて続けた。

「大橋本家のご紋です」

「まさか。牛込御門内と言っておられましたでしょ。あの一帯はお旗本の、それも市谷《いちがや》御門内よりもご大身の御屋敷ばかりですから」

信吾の言葉に甚兵衛はうなずいた。

「大橋家は御用達町人ですから、旗本のための番町に屋敷を与えられるはずがありませんん」

「まあ、当然ではありましょうが」

龍之進が初めて駒形に来た日、対戦相手を決めるための力量を知るため、信吾は席亭として対局した。

相手が負けを認めたとき、信吾は大橋流をだれに学んだのかと訊いた。父に教わったと答えたので、さらに訊くと、龍之進の父は大橋流家元の指導を受けた者に教わったらしいと答えた。

龍之進がときどき来ようと思うが相手をしてくれるかと訊いたので、もちろんだと信吾は答えた。住まいを訊くと、番町の牛込御門近くだと答えたのである。

そのあとで名を訊ねると龍之進と答えたが、姓は勘弁してくれと言った。信吾は相談屋もやっているので、出掛けなければならない日もある。龍之進が駒形に来られる日が決まっているなら、お待ちしますと答えた。

少し考えてから龍之進は七の付く日、つまり七日、十七日、二十七日と告げたのだ。

「お判《わか》りでしょう、席亭さん」

「御城将棋が十一月十七日だから七の付く日にした、ということですか」

「勘繰りすぎではない、と思うのですが」

「てまえも龍之進さんは大橋家の関係者かもしれないと思いましたが、おそらく家元かその弟子に教えを受けたお旗本だと」

「龍之進さんはこうおっしゃいましたね。父に手ほどきを受けたが、驕っておってはそこで頭打ちとなる。武者修行をしてまいれと言われた、と」

「よく憶《おぼ》えてらっしゃいますね」と、思い起こして信吾は言った。「龍之進さんの台詞《せりふ》そのままではないですか」

「将棋を趣味としているお旗本が、その息子に語ったにしては、いくらなんでも大袈裟《おおげさ》すぎます」

「たしかに」

「御城将棋の家元なら、息子にそのくらいのことを言ってもふしぎはありません」

「甚兵衛さんのおっしゃるとおりです」

「ところが、家元に龍之進とおっしゃる息子さんはいらっしゃらないのです」

「当然、偽名でしょうね」

甚兵衛は口を開けて信吾を見ていたが、ややあって言った。

「えらく簡単に申されますが」

「てまえが大橋流はだれに教わったか訊いた後で名前を問いましたら、龍之進だと答え、姓は勘弁してくれと言ったのです。姓名を告げれば、なにかの拍子に大橋家のご子息とわかるかもしれませんからね」

「なるほど、道理ですな」

「それにてまえは偽名には慣れていますし、それほど気にしていません」

さすがに意外だったらしく、甚兵衛は思いを巡らせているふうであった。

「甚兵衛さんには信じていただけないかもしれませんが、相談屋をやっておりますと、お名前も、お住まいも、家業も屋号も伏せて相談に来られる方がけっこう多いのです。困りごとでお見えになられるので、人に知られたくないのは当然でしょうがね。相談料はお話を聞くまえにいただきますが、状況次第であとでなければ判断できないこともあります。ですが解決したあとで、どなたも払ってくださいますよ」

商人の隠居である甚兵衛が、半信半疑であることはわからないでもない。寸瑕亭押夢を例として出せばわかってもらえるかもしれないが、相談者の秘密を洩らすことだけはできなかった。

「てまえも相談屋を開いた当初は、相手のことを少しでも知りたいと思っていました。知れば知るほど、解決に近付けると考えたからです」

「実際にはそうではなかったのですね」

「いくらあれこれわかっても、本人のことがわからなければ解決できません」

「席亭さんはおわかりだからよろしいが」

「権三郎さんですね」

終始無言で龍之進と信吾の遣《や》り取《と》りを聞いていただけで、権三郎は驚くほど問題点を読み取っていたのである。駒の並べ順や、姓を勘弁しろと言ったことなどから、龍之進が大橋家の関係者ではなく、家元の御曹司だと見ていたのだ。

「甚兵衛さんが住まいなどの判断からして、大橋家とはなんらかの関わりはあろうが、龍之進さんはまちがいなく番方のお旗本だと断定してくれましたから、ほとんどの人は納得してくれましたが」

「権三郎さんは、そうは思うておらんでしょうな」

「次回以降、気を付けねばなりませんね。なにか腹に思っていることが、あるかもしれませんから」

「権三郎さんはこのまえも、黙って聞いていただけで核心を衝いてきましたからね。それにしても」と、甚兵衛は何度も首を振った。「席亭さんは龍之進さんと、親しい友達のように話されておられましたが」

「まさか。相手はお武家さんです」

「もちろん礼節はわきまえてらっしゃるが、その辺を差し引きすれば、まるで親友同士が語りあっているようでしたよ」

「だとすれば、やはり相談屋を続けて来たからでしょうか。相談屋をやってますとね、その人物を見抜けないと問題を解決できないことがほとんどなのですよ。その人物の見てくれ、実績や評判、道楽、趣味、志向、友人関係、動物が好きか嫌いか、ともかく取り巻くあれこれは参考にはなるかもしれませんが、わたしのような若輩者は却ってそれらに振り廻されます。ですから本人だけを問題にするしかないのです。将棋もそうでしょう。考え方とか、攻防の癖などはありますが、要は強いか弱いかだけとなりますから」

「なあるほど、畏れ入りました。ですから席亭さんは龍之進さんが帰られたあとで、良い仲間ができてよかったですね、みなさん、とおっしゃったんだ。次からはもっと気楽に付きあうようにしましょうよ、とか、十日後にはちがった顔を見せてくれるでしょう、などと言えたんですね。なにを考えてるのだろうこのお人はと、あのときはふしぎに思っていましたが」

「昼をすぎてようやくいらしたとき、何人もが親しそうに声を掛けて挨拶しましたでしょう。あのときの龍之進さんの顔ったら、ありませんでしたよ。町の将棋会所の客から挨拶されるなんて、考えることもなかったのでしょうね。となると、十日後にはちがった顔を見せてもらいたいと、思うではありませんか」

「いやはや、恐れ入谷《いりや》の鬼子母神《きしもじん》としか言いようがありません。それにしても席亭さんときたら」

「将棋指しは、だれもおなじ仲間だと思いたいですもの。てまえに取りましては、龍之進さんもハッさんも、源八さんも常吉も将棋仲間です。その筆頭は、当然ですが甚兵衛さんですがね」

五

「おはようございます。あれれッ、龍之進さん、もうお見えだったんですか。だったら、のんびりしてるんじゃなかった。てっきり、昼すぎてからだと思ってたもんでね」

格子戸を開けて入って来た源八が龍之進に気付いて、まるで常連に対するように気楽に話し掛けたのに信吾は驚かされた。最初に龍之進が来たあとで、お旗本が相手では気後れして舌が縺れてしまうと言っていたからだ。

「前回はたまたま、午前に時間が取れなかっただけでな」

龍之進がおなじ調子で返したことは、驚きどころの騒ぎではなかった。信吾ですらそうなのだから、甚兵衛や桝屋などの老人には、まさに信じられぬ出来事だったようである。

変わるところがないのは、源八一人だけであったようだ。髪結いの亭主になるような男には、言葉は悪いがクソ度胸が据わっているのだろうか。信吾はある意味で源八を見直したのである。

「桝屋さんもごいっしょってことは、あれですかい。このまえの勝負の、トウケンってやつですね」

龍之進は桝屋と、前回の並べ直しをやっていたのである。

「ん？　トウケンだと。検討であろう」

「あ、それそれ。そのケンってやつ」

笑いが起きた。

「闘犬なら犬の喧嘩《けんか》だよ、源八さん」と甚兵衛は言ったが、いかにも調子を狂わされた感じであった。「土佐で盛んな闘犬ですがね。犬の喧嘩などと馬鹿にしてはいけません。

大関ともなると、化粧廻しをするそうですから」

「検討か闘犬かはいいとして、初めっからやり直しちゃもらえませんかね」

「馬鹿を申すでない。源八の都合にあわせられるか。ほかの者が迷惑であろう」

「まだ、最初のところですから、源八さんもご覧になっていたらすぐ思い出しますよ」

おだやかに笑いながら桝屋が言ったが、その笑いはどこか強張《こわば》って感じられた。

信吾と思わず目を見あわせた甚兵衛が、畏れいりましたという顔でぐるぐると目を廻して見せた。この老人が、これほどお道化《どけ》た表情をすることは珍しい。十日まえの夜に酒を飲みながら信吾が語ったとおりになったので、よほどうれしいのだろう。でなければ、やはりまともでないということだ。

場はほどなく鎮まったが、五ツ半になるとふたたび騒がしくなった。検討中なので騒がしいですんだものの、勝負の最中だと罵声が飛んだかもしれない。

「しまった、もっと早く来るんだったわ」

客たち、信吾、そして常吉に明るい声で挨拶したハツが、直後に口惜《くや》しくてならぬという声を出した。八畳間の龍之進に気付いたからである。

「龍之進さんはさ、ハツさんの裏を掻いて早く来たそうだぜ」

源八がからかうように言うと、ハツは下駄を乱暴に脱ぎ捨てて座敷に駆けあがった。

「本所の表町からですので、いつもこの時刻になるのですよ」

信吾が説明した。

「ハツどの」と、龍之進が自分の右前を示した。「そこに坐らせてもらうがよい。すまぬが両名、少しずれてやってくれぬか」

言われた素七と平吉は、ハツのために空きを作ってやった。

「わあッ、いいんですか。ありがとうございます」

にこにこ笑いながら祖父の平兵衛が常吉の差し出した小盆に、席料二十文とハツの十文を置いた。毎朝、かならず席料を払ってから座敷にあがっていたのに、それを忘れるほどハツは興奮していたということだ。

龍之進も桝屋も、駒形に来るまえに自分であれこれと検討しただろうから、問題点は十分にわかっていたようである。時間を掛けたのは中盤の一点と終盤の二点のみであった。それ以外はほとんど素通りに近く進んだので、検討は半刻（約一時間）も要さず終了した。

いつしか普段の顔触れはそろっていたが、龍之進が午後に来ると思っていた者はほかにも何人かいたようで、先に来た者に小声で教えられて残念そうな顔をしていた。

「それでは龍之進さま」と、信吾は言った。「本日は甚兵衛さんと願えますでしょうか。将棋大会では本番で桝屋さんに勝ちながら、勝率が並んだため決勝戦をおこなって惜しくも準優勝となりました。当会所では一、二の腕を有しております」

龍之進がうなずいたので信吾は言った。

「では、甚兵衛さんの先番で願います」

二人は慣れた手付きで駒を並べ始めた。甚兵衛はなんと大橋流の手順で並べたが、前回見ていただけで憶えてしまったらしい。龍之進は表情を変えぬどころか、当然のように自分の駒を並べてゆく。

二人は深々と頭をさげ、決戦の火蓋が切って落とされた。

甚兵衛はなんと急戦法を取ったのである。

十日まえの桝屋は自陣の固めを堅固にした上で、龍之進の攻めをひたすら躱《かわ》しながら相手のわずかな狂い、隙をねらう戦法を採った。それが思うようにいかず、連続した龍之進の力攻めに息切れしてしまったので、おなじ轍《てつ》を踏んではならぬと意識したのかもしれない。

その戦術では、攻守ともに理詰めの甚兵衛の持ち味を、活《い》かしきれないのではないかと信吾は危ぶんだ。自陣が手薄になるのにかまわず甚兵衛は攻め切ろうと目論《もくろ》み、何度か「あわや」という場面もなくはなかった。

ところが、もともとイチかバチかの戦法である。ねらいが功を奏さなければ、息切れしてしまうしかない。凌ぎ切った龍之進が反撃に転じると、持ち駒の手薄な甚兵衛は数手後に投了した。

「やはり席亭さんと接戦された龍之進さまです。とてもてまえなんぞの及ぶところではございません」

「いや、冷や汗を掻かされた。ここのところだがな」

そう言って龍之進は素早く盤面を並べ直したが、それは十数手まえの、甚兵衛が攻め倦んでいた局面であった。並べ終えた龍之進は、信吾に目を向けた。感情を抑えたような目でありながら、刺すような鋭さが籠められている。信吾は静かにうなずいた。

「やはり次の一手が、勝負の分かれ目だったと思います」

信吾が手を伸ばしかけたとき、甚兵衛が「あッ」とちいさな声をあげて手を出したが、二人の指はおなじ駒を押さえていたのである。信吾はそっと手を引いた。

「攻め急いだようですね、甚兵衛さん」

言われた甚兵衛は勝負を分けた駒を摑《つか》み取ると、それを盤面に置いた。よほど力が入っていたらしく、ピシッと鋭い音がした。

「そこですね。そう指せばまだまだ機会はありました」

「その一手で逆転ではなかったのですかい、席亭さん」

源八の訳のわからぬという顔に、何人もが同調した。

「そう来れば、こう受けようと思っておったのだが」

龍之進が指した手に甚兵衛は考えこんでしまったが、意を決したように駒に手を伸ばした。しばらくは指した方が優位に立つの連続で、闘《せめ》ぎあいが続いた。

検討の並べ直しと言っても、熾烈《しれつ》な闘いであることに変わりはない。信吾は静かに二人の攻防を見守った。納得することもあれば疑問に思うこともあったが、それを決して表情や動作に出さないようにした。意見を求められないかぎり、あれこれ口を挟むべきではないからだ。

途中から指し直しても、やはり甚兵衛は龍之進を攻め切れなかったのである。

お手並み拝見ということだろう、龍之進が静かに信吾を見た。信吾は三手だけもどしたが、先刻、疑問に思った甚兵衛の手に変更を加えた。

甚兵衛がゆっくりと腕を組んだのは、以後は観戦に徹するという意思を表すためだったようだ。

言葉を発するのは当然として、咳《しわぶき》一つ立たなかった。完全に信吾と龍之進の闘いに移っていたのである。

さらに数手進み、信吾の指した手を見て龍之進は甚兵衛に言った。

「おそらくこれが唯一の勝てる手であろうな。いや、名人には妙手があるやもしれんが、今のわしにはこれ以上の手は思い付かん。いずれにせよ、甚兵衛どのの勝ち目はなきにしもあらずであった」

「そのようでございますね」と甚兵衛は神妙に言いながら、微かに首を振った。「ですが龍之進さまが、あるいは席亭さんが敵であるかぎり、逆立ちしてもてまえに勝ち目はございませんですよ」

そのとき浅草寺の時の鐘が九ツを告げた。

「休憩の弁当幕、との合図のようでございますね」

桝屋がだれにともなく言った。

歌舞伎には、筋運びのためにあると言っていいような幕が挟まれている。見所も少なければ人気役者も登場しないので、客はときおり舞台に目をやるくらいで弁当を食べてすごすのである。午前と午後の龍之進の勝負を挟んだ繋《つな》ぎの時間、という意味で桝屋は言ったのだろう。

信吾は龍之進の昼食をどうするかについて考えなかった訳ではないが、母屋に招いていっしょに食べることは念頭になかった。将棋会所の家主であり、相談屋を開くに際して尽力してくれた甚兵衛は例外だが、それ以外の客は常に対等に扱うべきであったからだ。

龍之進を蕎麦屋とか飯屋に誘うことも考えないではなかったが、常吉と交替で母屋に食事しに行くことになっている。いつ将棋や相談の客が来るか、わからないからであった。

「席亭さん」と、甚兵衛が言葉を掛けた。「留守番をしますので、龍之進さまと食事をしてらっしゃい。てまえは、席亭さんがもどられたら交替で出るようにしますので」

事情がわかっている甚兵衛が、気を遣ってだろう声を掛けてくれた。信吾はその好意に甘えることにし、「龍之進さんと食事に出るから」と伝言して、常吉を母屋に向かわせた。

信吾はそれとなく常連たちを誘ってみた。遠慮したのか、ちゃんとした身装の武家との会食を窮屈がったのか、午前中の勝負が話題になると思ったからか、だれそれと食べに出ることになっているので、などの理由で誘いに乗る者はいなかった。

龍之進にとってもそのほうが気楽かもしれないと、勝手な解釈をして信吾は二人で格子戸の外に出た。

なにか食べたいものがあるかと訊いたが、料亭や料理屋は利用するが町の飯屋で食べたことなどないので、どこであってもかまわないとのことである。両親のやっている宮戸屋も考えないではなかったが、ありふれた飯屋を望んでいるとなれば除外すべきだろう。

「商人や職人が利用する、蕎麦屋などはいかがですか」

「耳にしたことはあるが入ったことはない。ぜひ連れて行ってくれ」

とのことであった。

丸に蔓柏紋は御用達町人身分の大橋流本家の紋だと甚兵衛は言ったが、龍之進はやはりご大身旗本なのではないだろうか、と信吾はふとそんな気がした。

「それにしても駒形には、おもしろき客がそろっておるな」

「龍之進さまは髪結いの亭主、という言葉をご存じでしょうか」

「なにかで読んだ記憶がある。働かずに女に喰わせてもらっておる男のことであるな」

「源八は髪結いの亭主なんですよ」

「源八、あの剽軽《ひょうきん》な男であるか。わしがおもしろき客と言うたのは、そういう意味ではない。将棋の指し手、つまり駒形の客には一癖も二癖もある愉快なのがおるとの意味だ」

「これは失礼。すっかり勘ちがいいたしておりました。でしたら前回の桝屋さんと本日の甚兵衛さんの二人が競っておりまして、太郎次郎さんがそれに続きます。まずその三名ですね。龍之進さまのお相手となりますと、あと二名か三名でしょうか」

「ほかにも伸び盛りがおろう。順次、相手をしてもらうつもりでおるが」

「で、本日の午後ですが、どなたか対局したい相手がございますか」

「ああ、おるのだが。そやつがすなおに首を振るかどうかだ」

「首を振るもなにも、龍之進さまがご希望でしたら、首に縄を付けてでも」

「それは頼もしい。ぜひともそうしてもらいたいものだ」

「で、その相手とは」

「一番の強敵だが、説得する自信はあるのだろうな」

からかい気味に言われて、気付かぬ訳がないが空惚《そらとぼ》ける。

「もちろんですが、一体、だれでしょう」

「わしの横を歩いておる男よ」

蕎麦屋の暖簾《のれん》のまえに来ていた。

六

「甚兵衛さん、お待たせしました。お腹《なか》がお空《す》きでしょう」

代わりに食べて来てくださいとの含みだが、甚兵衛は「ご馳走《ちそう》になりまして」と、母屋のほうを目顔で示した。

常吉が母屋に行ったとき、信吾は龍之進といっしょに食べに出たと伝えたはずだ。それでは甚兵衛に申し訳ないと、食べ終えた常吉が会所にもどると、交替したということのようだ。信吾のために用意していただろうから、波乃にしてもむだにならずに助かったということである。

午後は龍之進が信吾、でなければ太郎次郎と対局するはずであった。甚兵衛とすれば観戦したいに決まっているが、となるとあわただしく蕎麦なんぞを掻っこんで会所にもどるしかない。

波乃がうまく捌いてくれた、ということであった。

龍之進を目当てにしている客がほとんどなのがわかっているので、かれらがもどるまでは常吉に淹《い》れさせた茶を喫しながら歓談してすごした。何歳から将棋を始めたかなどと、他愛ない話をして時間を潰したのである。食べに帰った者も蕎麦屋や飯屋に出掛けた者も、あわただしくもどったので、すぐに全員がそろった。

二回目ということもあり、今度は信吾の先番で勝負を開始した。

これまでとはちがって、何組かの常連客は最初から板の間で、自分たちの対局を楽しんでいた。よくわからぬ勝負を見てもしょうがないと、龍之進の対局を見て気付いたからだろう。席料を払いながらむりをすることはないからである。

見学の人数は少なくなっていたが、真剣で熱心な者ばかりになったということだ。

半刻をすぎると席を立つ者が現れたが、厭《あ》きたからではない。年寄りが多いこともあって、小用《こよう》が我慢できなくなったのである。一人がもどると、べつの者が立つことの繰り返しであった。会所は外後架《そとごうか》なので、だれもが限度近くまで我慢してしまうからだろう。

緊張感はそのままだが、龍之進がようすを見に来て信吾と対局した初日に較《くら》べると、かなりの変化が感じられた。張り詰めたような息苦しさが、緩和されていたのである。

初回、午後になってやって来た二回目、そして今日が三回目となる。朝は桝屋と対決した前回の検討をやり、続いて甚兵衛との対戦とおなじく検討があった。

昼食を挟んで、龍之進と信吾の二度目の対決である。前回敗北した龍之進が、今回はいかなる闘いを挑むかに、だれもが一番の興味を持っていることだろう。

あと何回か龍之進が上位の常連との対局を繰り返せば、そのうちに特別でなく、駒形で日々おこなわれているありふれた勝負の一つになると信吾は見ていた。

刺激は必要だろうが、平凡で平穏な日々の実直なおこないが、積み重ねられているからこその刺激であった。刺激そのものが主になってはならないし、主になるべきものではないのだ。

しかし信吾としては、龍之進という絶好の刺激をなるべく活かしたかった。客たちにもっと将棋を楽しんでもらうには、その多様さ多彩さを知らしめたい。そしてこれを好機として、客たちにもっと強くなってもらいたかった。そうすれば、さらなる楽しみを得られるはずだからである。

そのようなことを思いながら指していたからという訳ではないが、あるいは集中力を欠いていたのかもしれない。いつの間にか、信吾は苦境に立たされていたのである。

両掌《りょうて》で音立てて頬を叩きこそしなかったが、信吾は自分自身に活を入れた。そして背筋を伸ばし、何度か深い呼吸を繰り返したのであった。

ほぼ九ツ半に始まった対局が終わったのは七ツ半（五時）で、駒形では珍しい二刻できたのである。

（約四時間）に及ぶ長丁場となった。信吾は青息吐息ながら、なんとか凌ぎ切ることが

「それにしても、たいへんな勝負を見せていただきました。盤面が夢に出て来そうです」

七ツ半ということもあり、暇潰しに通っている客はすでに姿を消していた。

桝屋や太郎次郎などはなにかと話したそうであったが、龍之進が床の間の刀掛けから取った大刀を腰に差したので、信吾は常連に断って日光街道まで送って行くことにした。

格子戸を開けて道を西へと向かう。

「油断召されたか、席亭どの」

無言で五間（約九メートル）ほど歩いてから、龍之進がいくらか揶揄《やゆ》するような口調で言った。

「油断だなんて、まさか。ただ、常に迷い続けてはおりますが」

「となれば、信吾もやはり人であるということだな」

言われて信吾は思わず立ち止まったが、すぐに歩みを再開した。

「では龍之進さまは、てまえを一体なんだとお思いで」

「なんだと思う」

「わからないゆえ、お訊きしたのですが」

「人だよ。人でしかあるまい」

しまった、と信吾は思った。龍之進が一気に二人の距離を縮めてくれようとしたのに、それに気付きもしないで、まるで馬鹿のように、言葉だけに反応していたからである。

「それを聞いて安心しましたよ。てっきり、梨と言われるのでは、と」

「プファ」と、龍之進は噴き出した。「人でありながらか。いくらわしでも、そこまでは言わんぞ」

なんとか切り抜けられたようだ、と信吾は胸を撫でおろすことができた。

「これまでは、桝屋と甚兵衛を紹介してもろうたが、常連になれば客同士で話しおうて相手を決めると、申しておったはずだが」

「はい。すると、どなたか」

「ああ」

「だれでしょう」

「それはな」

「はい」

「あとの楽しみのために、取っておこうではないか」

龍之進の言葉がそのまま、残っていた常連へのいい土産となった。

「随分と楽しそうですね」と、信吾の顔を見るなり甚兵衛が言った。「いいことがございましたか」

「という訳ではありませんが、今日でようやく三回目ですからね。次からは将棋会所『駒形』に龍之進さんがいらっしゃるのが、当たりまえの景色となりますよ。将棋を指すのを時間潰しに持って来いの楽しみにしていたお客さんには、言い方は悪いかもしれませんが、ここ何回かの龍之進さん騒動はうんざりだったでしょうね」

「龍之進さん騒動とは、おだやかじゃありませんな」

「そうおっしゃいますが甚兵衛さん。龍之進さんがいらした日は、それまでの駒形とはちがっていたでしょう」

「ええ。そりゃ、たしかに」

「次回からとは申しませんが、あと数回でこれまでと変わらなくなるはずです」

「龍之進さんはこれからもいらっしゃるんでしょう、七の日に」と言ったのは、大会で三位となった太郎次郎であった。「席亭さんと、それから席亭さんが指名なさった方が」

「いえこのあとは、てまえは指名とか紹介はしません」

「とすると、どういうことなんだ」

島造もまた太郎次郎や権三郎とおなじく、龍之進と駒を闘わせたいと熱望している一人にちがいない。だからこそ、いつもならとっくに帰っている時刻に残っていたのだろう。

「ですから、みなさんとおなじですよ」

「龍之進さんを特別扱いしないってことかい」

「これまでだって特別扱いなどしていません」と、信吾は力を籠めた。「新しくお見えだったし、お武家さんだから丁重に扱いはしましたが」

「ですがこのあとも、龍之進さんの相手は席亭さんが決められるのでは」

そう言ったのは太郎次郎である。これからは指名や紹介はしないと言ったのに、失念していたようだ。

「龍之進さんご自身がお客さんと相談の上、双方が納得すれば対局されるとのことです。みなさんがなさっているように、龍之進さんもなさりたいと」

「そうしたいとおっしゃったんですね」

「はい。そうしたいと」

戸惑ったような曖昧な雰囲気になった。

「席亭さんは、どうなさるんですか」

甚兵衛の表情も、どことなく中途半端に感じられた。

「相談されたら応じますし、挑まれたらお相手します。ですが、それだけですね。龍之進さんは特別扱いされるのが厭《いや》なんでしょう。てまえは特別扱いしたつもりはありませんが、ご本人はそうでなかったのかもしれません」

「それは席亭さんの望みでもあるのだな」

「望みとはどういうことでしょうか、権三郎さん」

「客同士が話しあいで相手を決めて、将棋を指して楽しむというか」

「それが一番だと思いますが」

「しかし、席亭として見ておれば、客の質はそれぞれちがっておろう。譬《たと》えはよくないかもしれんが、犬猿の仲の二人を闘わせてみたいとか、好々爺然《こうこうやぜん》としておだやかで人当たりもいいが、腹の裡《うち》ではなにを考えておるかわからん妖怪同士をぶつけて、相手の実の姿を暴かせあうとか」

「権三郎さんには、なんとしてもそうしたいお方がおいでのようですね」

「馬鹿を申せ。ただ、成り行きで相手を決めてやっておっては、暇潰しに来ておる雑魚どもと変わりがないだろう、と言いたいのだ」

「そもそも、席亭さんが将棋会所を開こうと思われたのは、どういう思いからかね」

訊いたのは島造であった。その場にいた甚兵衛、桝屋、太郎次郎、権三郎、そして夢道などは、およそのことは知っているはずである。しかし信吾本人の口から直接に聞いたのは、甚兵衛くらいなものであった。

「ご存じの方もいらっしゃるかもしれませんが、てまえは二十歳になった正月によろず相談屋を開きました。ただ若造ですので、相談屋だけでやっていけません。そのとき、甚兵衛さんが」

チラリと横目で見て、信吾は甚兵衛にあとを委ねた。

「てまえは隠居しましたが、向島の寺島に豊島屋の寮がありまして、月に何度か信吾さんに将棋を指しに来てもらっていたのです。相談屋を開きたいが、軌道に乗るには何年も掛かるだろうとのことでしてね。実はてまえは将棋会所を開きたかったのですが、隠居したときには還暦をすぎていましたので、体が言うことを聞きません。都合よくここが空き家になりましたので、信吾さんに持ち掛けたという次第です」

「なるほど、わかりやした」と、島造は言った。「で、二足の草鞋《わらじ》を履いた信吾さんは、どんな将棋会所にしたいんでやす」

「二足の草鞋と言われましたが、もともと将棋は大好きです。会所をやってきて、将棋のおもしろさ楽しさを、もっと多くの人に知ってもらいたいと思うようになりました。若い将棋好きを増やしたいとは、以前から甚兵衛さんに言われていましたので、今はそちらにも力を入れています。丁度いいときに、女チビ名人のハツさんが常連になってくれましたし、席料を半額にしたので一気に子供さんが増えましたからね」

「お武家も来るようになったしなあ」

島造にはどこか、武士に対する拘《こだわ》りがあるようだ。

「今は龍之進さんのことが気に掛かってならないでしょうが、すぐに慣れてもらえると思います。将棋盤をあいだにすれば、みんなおなじ将棋指しだってことを、もっともっとわかってもらいたいのですよ」

「そういうことなら心得た。龍之進ってお人にも、なるべく普通に接するようにしよう。だれかさんのように、馴《な》れ馴《な》れしくはできんがね」

皮肉を言われた源八が直ちにやり返した。

「精々やってくだせえ。ま、不器用なお方には、逆立ちしたってあっしの真似《まね》はできんでしょうがね」

源八が一本取った恰好《かっこう》だ。

「では、みなさん」と、信吾は常連たちに言った「十日後を楽しみに、待とうではありませんか」

七

「みなさんおはようございます。席亭さんおはようございます。常吉さんおはよう」

いつもの明るいハツの挨拶が、そこでひと際高く弾んだ。

「わッ、龍之進さんだ。おはようございまーす、龍之進さん」

「ああ、おはよう。ハツどのを待っておったのだ」

龍之進のひと声で男たち、とりわけ太郎次郎、権三郎、島造などが、気の毒なくらい落胆するのがわかった。声が掛かるとすればおそらく自分だろうと、秘かに期待していた男たちである。

かれらはまたしても、肩透かしを喰った気分を味わったにちがいない。二十七日には朝早くから集まっていたのに、龍之進が姿を見せたのは午後になってからであった。月が替わって七日には五ツにやって来て、来るなり桝屋と前回の検討を始めたのである。続いて甚兵衛、午後は信吾と指した。

だったら今日も五ツには来るだろうと、期待していたにちがいない。

ところが半刻も遅れてやって来たと思うと、常吉の淹れた茶をおもむろに喫し始めたのだ。そしてハツが挨拶するなり声を掛けたのである。本所の表町からなので、いつもこの時刻になると信吾が言ったのを憶えていたからだとわかった。

一番驚いたのはハツだろう。

「えッ、あたしを、ですか」

下駄を脱ぎ捨てたハツが、八畳間の龍之進のもとに駆け寄った。自分が対戦相手に選ばれたと知って、頬が真っ赤になっている。

片付けようとする常吉を制すると、祖父の平兵衛が赤い鼻緒の孫の下駄を手にして、履物置き場にそろえた。

「今日の相手だが、もう決まっておろうか」

「それは、これからですけど」

「決まっておらぬなら、みどもの相手をしてもらえぬか」

「本当ですか」と顔を輝かせてから、ハツは沈んだ顔の男たちに気付いた。「だって、あたしより上のみなさんが」

「気にせずともよい。追々相手を願うつもりだが、一度や二度は待ってくれるはずだ。将棋の待ったはご法度だが」

武家が駄洒落《だじゃれ》を言うとは思いもしなかったからだろう、気が付いたのは信吾だけであったようだ。これでは龍之進も苦笑するしかない。

「今日はなんとしても、女チビ名人のハツどのにお相手願いたいのでな」

そう言われても気になるらしく、ハツは太郎次郎、権三郎、島造などに申し訳なさそうな目を向けた。男たちは満面の笑みでうなずいた。そうするしかないのがわかっているだけに、どうにも気の毒であった。

「待ったはご法度だとおっしゃったんですかい、龍之進さん」

素っ頓狂な源八の言い種《ぐさ》に、龍之進は呆《あき》れ果てたという顔になった。

「いくらなんでも遅すぎるぞ、源八。笑いたくても笑えずに、みなのものが困っておるではないか」

あるいは源八は、ハツの緊張を解《ほぐ》してやろうとしたのかもしれなかった。それに気付いた龍之進が同調したということのようだ。

「ハツさん。うれしいときには、はしゃいでいいんだぞ」と、信吾は陽気に発破をかけた。「小父《おじ》さんたちに遠慮することはないからな」

にこりと笑うとたちまちハツは真顔になり、玉将を細い指で摑むと自陣中央列の最下段に据えた。ハツも甚兵衛とおなじように大橋流の並べ順を、見ていただけで憶えたらしい。

ほぼ同時に並べ終わり、二人は深々とお辞儀をした。

しばらく盤面を凝視したまま呼吸を整え、ハツは第一手に着手する。

一瞬にして空気が張り詰めた。

何手目かでハツが角道を開けると、龍之進も当たりまえのように角道を開けた。ためらうことなくハツの手が伸びて敵陣の角行を取り、すぐに龍之進が成ったばかりのその駒を銀将で取った。

息を詰めて見ていた観戦者たちのあいだから、思わずというふうに溜息が漏れた。序盤における角交換で、あとはその角行をいつ、どこに打つかに絞られる。

ふいに、刺すような痛みに武芸者としての感覚が反応し、信吾が鋭くそちらに目をやると同時にそれは消えた、というか視野から外れたのである。

一度ならともかく、二度目となると偶然と見逃す訳にいかない。

夏ということもあって、駒形では襖《ふすま》は取り外し、障子は開け放ってあった。出入口は格子戸である。

実は五ツ半近くになって龍之進がやって来たが、常吉が渡した湯呑茶碗を手にしてほどなく、中年の武士が格子戸の外を通りすぎた。その動きを信吾の目が捉えたのは、まるで忍び足のような不自然な印象を与えたからだ。

通りすぎながら、武士は屋内に鋭く視線を飛ばした。普通の者なら気付かなかったかもしれない。だが鎖双棍のブン廻しで、鋼の鎖の繋ぎ目を見る訓練を続けている信吾の目は、それを見逃さなかった。

間を置いておなじ武士がふたたび格子戸の外を過《よぎ》り、しかも屋内を窺《うかが》い見たのである。となれば偶然ではあり得ない。龍之進が監視されているということに、まちがいないだろう。しかしだれがなぜ、となると見当も付かなかった。

胸の裡を気取られることなく、盤面に目を注いだまま信吾はハッと龍之進の一手一手に反応を示した。

格子戸の開けられる音に、反射的に常吉がそちらに向かう。

やはり、あの男であった。短い遣り取りをして常吉が振り返って言ったのと、うんざりしたように龍之進が吐き捨てるのが同時であった。

「あのぅ、若さまにとの」

「なにもここまで来ることはなかろう。あとでゆっくりと聞いてやるよ」

と言いながらも龍之進は席を立ち、床の間の刀掛けから大刀を取った。「すまぬが少し待ってくれんか」とハツに断って、出入口に向かう。男と龍之進が早口で遣り取りをしているあいだに、常吉が履物をそろえた。

「すぐもどる」

その場のだれにともなく断ると、龍之進は男を追って格子戸を出た。常連たちは訳がわからずに顔を見あわせたが、どの顔もまるで狐《きつね》に摘《つま》まれたようであった。

「常吉」

「へーい」

「硯《すずり》に墨、筆と料紙を持って来てくれんか。水を忘れるなよ」

「へい」

「ハツさん。龍之進さんは少し時間が掛かるかもしれないので、この盤面を書き残しておきなさい。自分にわかればいいから、どんなふうに書いてもかまわない」

将棋盤は縦を右から順に列で数えるので、右から一列、二列となり、横は段で上から順に一段、二段と数える、とだけ教えた。

ハツが盤面に見入っていると、常吉が命じられた物を持ってやって来た。そしてすぐに墨を磨《す》り始めた。

突然現れた武士と龍之進のことが気になるのだろう、甚兵衛や桝屋など常連が銘々に話し始めたので、ざわざわして落ち着かない。

「なにか面倒が起きたんでしょうかね」「若さまと言ったようだが」「ああ、名は呼ばなかった」「知られたらまずいということじゃないですかね」「やはり大身のお旗本にまちがいない」「どうやら家来でしょうが、それでも着ている物が上物でしたよ」と切りがない。

そんな常連たちに気を取られることなく、ハツはちいさくて丁寧な字で、盤面の駒の位置を記録していく。

「終わりました」

「ここまでの、二人の指した手を憶えているかい」

じっと信吾の目を見てから、ハツは「はい」ときっぱりと言った。

「それも書き留めておいたほうがいいが、ハツさんの最初の手は、二ノ六歩となる。二列目の七段目にあった歩を六段目に突いた、ということだな」

ハツは即答せず、自分に問い、確認してから「はい」と答えた。

常連たちの雑談には加わらず、信吾はハツが手順を書き留めるのを黙って見ていた。見ていたというか、目を向けてはいたものの、心の裡ではああでもないこうでもないと、あらゆる思いが目まぐるしく渦を巻いていたのである。

「信吾」

格子戸を開けて龍之進が呼んだときには、信吾は場を立って出入口に向かっていた。

「話がある」

うなずきながら、信吾は常吉のそろえた下駄を履いていた。障子を開け放ってあるので、庭で話せば筒抜けになってしまう。

「大川の風に吹かれるとしましょうか、龍之進さん」

「風流だな」

甚兵衛と常吉に目顔であとを頼むと伝え、信吾は格子戸を出た。

「修行が足らぬと、しみじみと思い知らされたわ」

龍之進は気取られぬようにしていたが、親の目はごまかせなかったのである。

二十七日にはまだ気付かなかったが、次の七日には妙にそわそわしていると不審がられた。ところが十七日の今日も、朝から妙に落ち着かない。十日置きの、七の付く日に気も漫《そぞ》ろになる。これは変だと思った親は、家士に跡を跟《つ》けさせた。

「隠していた訳ではないが、わしにはちょっとした事情があってな」

「あるいはそうではないかと、おおよそのことは」

「御城将棋の家元ということもか」

「羽織の紋でおそらく、と。ですが会所の者には、牛込御門に近い番町にお住まいのご大身のお旗本で、お父上が家元の指導を受けた方から教わったようだと」

「そうか。そうだったのか。そこまで知られておるとは思いもせなんだ。まさに未熟の極みだな。実はわしの名は」

「おっしゃらないでください。てまえに取って大事なのは龍之進さまであって、名前なんて仮のもの、いわば符牒《ふちょう》、記号とおなじですから」

　まるで信じられぬという表情の龍之進に、信吾は相談屋を始めて人に対する考え方が大幅にというか、すっかり変わってしまったことを話した。

　二十日まえに甚兵衛が泊まったときに話したことと、大筋は変わらない。そして龍之進の反応も甚兵衛とおおきくはちがわなかった。信じられぬという色が時間とともに薄れていくのが、目に見えて感じられたのである。

　相談屋の仕事だけ、あるいは将棋会所だけでは、このように考えるには至らなかったと信吾は思わずにいられない。しかし双方に関わることで、人にとってなにが一番大事かということが見えたとしたら、自分は幸運だったと言うべきだろう。

「将棋の良いところはどんな人とも常に一対一、一人対一人でいられることです。ですから駒形に集う者にとっては、龍之進さんは将棋仲間の一人なんですよ」

「将棋仲間の一人か」と言った龍之進の顔に、笑みが一気に拡がった。「それであのように、だれもが親しく挨拶してくれたのだな」

　二人は浅草の人たちが「こまんどう」と呼ぶ駒形堂に着いた。馬頭観音を祀《まつ》ったこの御堂は、創建された当時は大川、つまり東に向けて建てられていたが、今は浅草寺に参詣する人のために西向きになっている。

龍之進と信吾は、大川に向かって腰をおろした。

「将棋は楽しむために指さねばならない。とすれば信吾たちが一番楽しめるのであろうな。できるものなら替わってもらいたいものだ」

「それはできませんね」

「なぜに」

「そのように言う人はかならず、替わってもおなじだとわかると、元にもどりたいと零《こぼ》すに決まっているからです」

「信吾よ、おまえはおもしろいやつだな」

そこで龍之進は黙ってしまった。二人はしばらくのあいだ、大川を往《い》き来《き》する大小の船や舟を見ていた。

「わしほど望まれて生を受け、生まれて喜ばれた者はいないかもしれん。その極みが三歳の正月であった」

そう前置きして龍之進は話し始めた。

かれの生家では男児三歳の正月に、恒例の行事をおこなう。三歳と言っても満で数えれば一歳のこともあった。大晦日《おおみそか》に生まれた新生児はその日一歳で、一夜明けた元旦には二歳になる計算だ。二日で二歳である。そして一年後には、満では一歳なのに三歳となってしまう。

「わしは一月二十二日生まれなので、三歳の正月は満では二歳ということだな。だからなにもわからんということで、ゆえにこの行事が意味を持つのだ」

盛装して坐らされた目のまえには分厚い檜材《ひのきざい》の台が置かれ、布が掛けられている。布が取り除かれると、台の上には等間隔に次の三品が置かれていた。

小刀、筆、将棋の駒だ。

「にじり寄ったわしは、迷うことなく将棋の駒を摑んだ。家族の喜びはまさに狂喜であったらしい。なぜなら駒は五枚で、王将、金将、角行、飛車、そして歩兵だが、わしが手にしたのは王将だったからな。将棋家元の息子が、なんのためらいも見せずに王将を手にしたのだ。将来の名人が約束されたようなものではないか。という訳で、信吾にその気があったとしても、こればかりは替わってもらう訳にはまいらんのだ」

その御曹司が、家士に跟けられているとは思いもせず、町の将棋会所の門を潜《くぐ》ったのである。父に武者修行をして来いと言われたのだから、ここまではなんの問題もない。あとがまずかった。

町内を一廻りした家士が改めて見たが、蝟集《いしゅう》した人々のあいだに、まちがいなく若さまの着物が見えたのであった。家士は散々苦労して、黒板塀にわずかな隙間を見付けてと対局していたのである。驚くまいことか。将来名人とならねばならぬ若さまが、十歳ばかりの女児と対局していたのである。

「で、心を入れ替えて将棋に励まねば、勘当されますよと言われてな。となれば、わしには従うしか道は残されておらんのだ」

「お嘆きになることはありません。龍之進さまは昨日までの龍之進さまとはちがって、信吾という訳のわからぬ男と知りあって、まったくちがう世界を見てしまいましたから。昨日までのように生きようと思っても、もはやそれはできません」

龍之進は陽光を反射して戯れるように光り輝く水面《みなも》を、黙ったままひたすら見ていた。

「龍之進さまには将棋家元というものが、その世界が、これまでとはまるでちがって見えるはずです。そうすれば三歳の正月に迷わず王将を摑んだほどの男です。そこに次々と、新しいものを見出《みいだ》さずにおくものですか」

川面を見ていた龍之進が、信吾に目を向け直した。信吾はしばらくそのままにしてから、ゆっくりと龍之進に目を向けた。二人の目が正面から相手を見た。

「わしは、どうやら友を得ることができたらしい」

「てまえもです。これまでとはまるでちがった、まったく新しい友を得ることができました」

「友というか、まるで分身だ」

「会所の連中には、やはり龍之進さまは牛込御門近くの番町にお住まいの、ご大身旗本の御曹司だったと言っておきましょう」

「すぐもどると言ったのだぞ」

「それが将棋の魅力に取り憑《と》かれたために、勘当寸前に追いこまれた。そのため一時的に将棋から離れざるを得ないが、折を見て復帰する。駒形のみんなといつか再会できる日を楽しみにしておる。そうおっしゃっていた、と伝えておきます」

「ハツには少し待ってくれんかと言ったのだ」

「指し掛けになった勝負の手順を書き留めさせました。いつか続きを指せる日まで、大事に取って置いてくれと申されたと、ハツには伝えておきます」

「今日はこのまま帰ったほうがいい、ということだな」

「それが一番いいと思います。だって、それを知ったらハツなどは号泣せずにいられないでしょう。若い娘に泣かれて、振り切れますか。龍之進さまは」

「若い娘か。若いたって若すぎる。若すぎるどころか、まだ子供ではないか」

弾《はじ》けるように笑って龍之進は肩を震わせたが、その目には薄く涙が浮いていた。

解説

田口幹人

あえて言いたい。

「めおと相談屋奮闘記」シリーズは、まさに野口卓による人間の業の肯定である、と。

本シリーズを読むと、いつもこの立川談志《たてかわだんし》師匠の言葉を思い出す。

かつて、談志師匠は、「業」という言葉を使い、「落語とは、人間の業の肯定である」と論じた。

「世間で是とされている親孝行だの勤勉だの夫婦仲良くだの、努力すれば報われるだのってものは嘘《うそ》じゃないか、そういった世間の通念の嘘を落語の登場人物たちは知っているんじゃないか。人間は弱いもので、働きたくないし、酒呑《の》んで寝ていたいし、勉強しろったってやりたくなければやらない、むしゃくしゃしたら親も蹴飛ばしたい、努力したって無駄なものは無駄——所詮そういうものじゃないのか、そういう弱い人間の業を落語は肯定してくれてるんじゃないか、と。」（『人生、成り行き—談志一代記』より）

野口氏の作品には、本シリーズに限らず、いわゆる悪人と言われる人物が登場することが極めて少ない。人間というものは皆、程度の差こそあれ、様々なネガティブな感情や欲を持っていて、怒りや嫉妬、哀《かな》しさなどを抱えて生きている。野口氏は、デビュー作『軍鶏侍《しゃも》』から一貫して、それらを飲み込んだ上で、人間の業を肯定するという立ち位置で物語を紡ぎ続けてきたのではないだろうか。そして、本シリーズは、まさに人間の業を肯定するという野口氏の想《おも》いを真正面から感じることができる物語なのだ。

ご挨拶が遅くなりました。はじめまして、田口幹人と申します。二十五年間書店員をしておりました。一年半ほど前に現場を離れましたが、本と本屋という空間が好きで、まちのなかに本との新しい接点を創る仕事をしている自称・書店人だ。

以前から時代小説を読むことが多かったのだが、店頭を離れた今では、テレビを観《み》る習慣がないこともあり、ひたすら歴史時代小説を読む日々を送っている。特に、読みやすさ抜群の書き下ろし時代活劇は、日常から解き放ってくれる僕の唯一の友なのだ。そんな友の中で、もっとも仲がいいのが野口氏の作品なのだ。好きが高じ、ラジオやコラムなどを通じおすすめの歴史時代小説を紹介させていただいている。

僕は、書評家ではないでので、様々な作品と比較するなど、物語の詳細を分析することはできないが、書店員時代、これぞという作品に溢《あふ》れんばかりの想いを込めたPOPを書いた時のような気持ちで、この解説を書くことをお許しいただきたい。

シリーズ一作目となる『なんてやつだ　よろず相談屋繁盛記』が刊行されてから、五作目の『あっけらかん　よろず相談屋繁盛記』で主人公が結婚したのを機に、六作目から「めおと相談屋奮闘記」とシリーズ名を変更し、さりげなく第二幕に入り、それも本書で三作目となる人気シリーズである。本書を手にしている多くの読者の皆さんは、すでにご承知だと思うので、物語の概要は割愛させていただくが、少しだけ触れておきたい。

主人公の信吾は、江戸の老舗料理屋「宮戸屋」の跡取り息子だが、弟に店を継がせ、幼少期に高熱を出すも生き永らえたことが動機となり、世の人の役に立ちたいと、「よろず相談屋」を興し、波乃を妻に迎え「めおと相談屋」としたが、繁盛とは程遠い状況が続いている。相談屋だけでは暮らしていくことができないこともあり、日銭を稼ぐためはじめた将棋会所は、徐々に人が集い、常連客も増え、信吾の生活の基盤となっている。

将棋会所の席亭と相談屋の主人という二つの顔を持つ信吾の成長の物語なのだが、本シリーズの特徴として二つの斬新な設定が用意されている。

一つは、主人公の信吾が大病の後遺症で、危険が迫ったり迷ったりしたときに様々な生き物が教えてくれる声が聞こえ、生き物と会話ができるという特殊能力を持っているというのだ。なんともファンタジックな設定なのだが、物語を壊すことなく、むしろ動物と向き合う姿が、信吾の素直さと優しさを浮き立たせている。

著者は、「軍鶏侍」シリーズでも動物を大切に扱っている。それこそがシリーズの大きな魅力となっていたのだが、なんといっても生き物の描写が素晴らしかった。生き物たちを揶揄《やゆ》しながら、人間の心の襞《ひだ》の深さを浮き立てる語り口が心地よかったことを今でも鮮明に覚えている。軍鶏の闘いや巨大な鯉《こい》との格闘の場面など丁寧な描写は、抜群のリアリティと余韻を感じさせてくれる効果があった。特に、シリーズ二作目となる『獺祭《だっさい》　軍鶏侍』は、名作として間違いなく後世に読み継がれて欲しい作品だと思う。未読の方は、ぜひお読みいただきたい。脱線してしまったので話を本シリーズに戻そう。

もう一つは、タイトルに相談屋繁盛記とあるが、まったく繁盛している様子がないのだ。往年のヒーロー物や時代劇にはよくある物語のように、相談屋を訪れる客の悩みを解決し、善を勧め悪を懲らしめるという展開を想像して手に取った読者の期待をやんわりといなし続けるのだ。シリーズ名が、「よろず」から「めおと」に変更された際、「繁盛記」が「奮闘記」に改められているが、最新刊の本書にいたっては、相談屋に相談に訪れる者すらいないという大胆さが、読み手をなんとも言えない不思議な感覚にさせ、ついついつい癖になってしまう。

しかし、併設されている将棋会所には、武士や商人、近所の隠居など、様々な人が集まってくる。誰でも自由に出入りできる場であることもあり、悩みを持った人もやって来る。将棋を指している間は、身分の上下や出自等は無関係であり、上手《うま》いか下手か、強いか弱いかだけなのだ。将棋会所では個々の魅力に相談を受けるまで辿《たど》り着かないことが多いのだが、登場人物たちは、そこでの信吾との交流から少しずつそれぞれの道を見つけてゆく。

通算八作目となる本書を読み、不思議な感覚の正体が分かった気がする。読み進めるにつれ、人間の弱さや人との向き合い方、ものの見方、そして、他者を認めることとで自身の存在が見えてくることを信吾は読み手に教えてくれる。

まさに、読み手こそが相談屋の客なのだ。信吾の言葉は、登場人物を経由して読者に向けられている。口八丁ではなく、真摯に言葉と向き合い、真の言葉を操る二十歳を超えたばかりの若者である信吾の一言にハッとさせられることがたくさんあった。

特に、人の持つ欲、さらには怒りや嫉妬等、ネガティブな感情に対峙《たいじ》する信吾の姿勢が実に心地よい。切ない人の弱さ、やけっぱちな思いを受け入れ、物事の優先順位と重要性の大小を客観的な立場で見つめ、決して決めつけることなく、白でも黒でもなく、かといって中間色というわけでもない微妙な色合いを、自然と相談相手が見つけられるよういざなっていく。勧善懲悪の物語ではなく、何事にもいろいろな見方があるからこそ、決めつけずに接することでしか見ることができない人間の心の機微を感じることができるのだ。だからこそ、本シリーズは、まさに野口卓による人間の業の肯定であると言えるのではないだろうか。

登場する人物たちと同じく、人は弱く、やけっぱちな思いやネガティブな感情を抱えて生きている。生きにくい時代とままならぬ人生は、昔も今も変わらない。だからこそ、互いの欠如を責め合うのではなく、補うことの大切さを、押し付けることなく、軽やかに伝える本シリーズは、多くの読者に受け入れられているのではないだろうか。

本書には、川獺《かわうそ》が教えてくれたある計画を阻止する過程で気づかされる、人に付きまとう屈託と動物の正直さと素直さを描いた「川獺日和」、将棋会所にやって来るハツという十歳の女の子の影響で将棋に興味を持ち、それがきっかけとなり他のことも意欲的に取り組み始める、信吾と同居している小僧の常吉の成長を描いた「目覚め」、かつてひと悶着《もんちゃく》あった戯作者《げさくしゃ》の寸瑕亭押夢と再会し、言葉の霊力や力について再認識させてくれる「繋《つな》ぎ役」、そして将棋会所を訪れた若い武士と将棋盤を挟んで向き合い心を通わせていく信吾の姿を描いた「新しい友」の四編が収録されている。

シリーズ二作目『まさかまさか　よろず相談屋繁盛記』の帯に、「読んで軽快、読み進めて痛快、読み終えて爽快！」というコメントが添えられていた。信吾の周りを取り囲む人の輪が、静かに広がってゆく本シリーズにピッタリの言葉だと思っている。

分身と思えるほどの友と出会い、そして何より、破鍋《われなべ》と綴蓋《とじぶた》にたとえられた、波乃という良き理解者を得た信吾の物語世界はここからどのように展開されていくのか、常連客としては楽しみでならない。

（たぐち・みきと　書店人）

本書は、集英社文庫のために書き下ろされた作品です。

本文デザイン／亀谷哲也［PRESTO］
イラストレーション／中川 学

集英社文庫
野口卓の本

なんてやつだ
よろず相談屋繁盛記

不思議な能力をもつ青年・信吾。家業を弟に譲り独立し、相談屋を開業するが。痛快爽快、青春時代小説、全てはここから始まった！（解説／細谷正充）

集英社文庫
野口卓の本

まさかまさか　よろず相談屋繁盛記

相談屋の仕事には危険も多い。護身術を信吾はどうやって身につけた？（解説／北上次郎）

そりゃないよ　よろず相談屋繁盛記

実家の料理屋で食あたり!?　危機を救えるか。猫の黒介はここで初登場。（解説／末國善己）

集英社文庫
野口卓の本

やってみなきゃ　よろず相談屋繁盛記

将棋会所の一周年を記念して将棋大会が開かれる。相談屋には狸の親子!?（解説／吉野　仁）

あっけらかん　よろず相談屋繁盛記

楽器屋の娘・波乃と惹かれあう信吾。二人の祝言はかつてないものに。（解説／吉田伸子）

集英社文庫
野口卓の本

なんて嫁だ
めおと相談屋奮闘記

相談屋に来た三人の子供の相談に波乃が対応することに。その話を聞いた信吾が考えたことは。青春時代小説、第二シーズンに突入！（解説／細谷正充）

集英社文庫
野口卓の本

次から次へ
めおと相談屋奮闘記

将棋会所に来る子供達の中で抜群に強いハツ。信吾に特別な思いを持つ彼女が初めて波乃と対面。「将棋の心」も描かれる印象的な巻。（解説／先崎　学）

集英社文庫

友《とも》の友《とも》は友《とも》だ めおと相談屋《そうだんや》奮闘記《ふんとうき》

2021年 1 月25日　第 1 刷　　定価はカバーに表示してあります。

著　者　野口《のぐち》　卓《たく》

発行者　徳永　真

発行所　株式会社　集英社

東京都千代田区一ツ橋2-5-10　〒101-8050

電話　【編集部】03-3230-6095

【読者係】03-3230-6080

【販売部】03-3230-6393(書店専用)

印　刷　図書印刷株式会社

製　本　図書印刷株式会社

フォーマットデザイン　アリヤマデザインストア　　マークデザイン　居山浩二

ISBN978-4-08-744205-2 C0193